臺北男神榜

唐墨 著

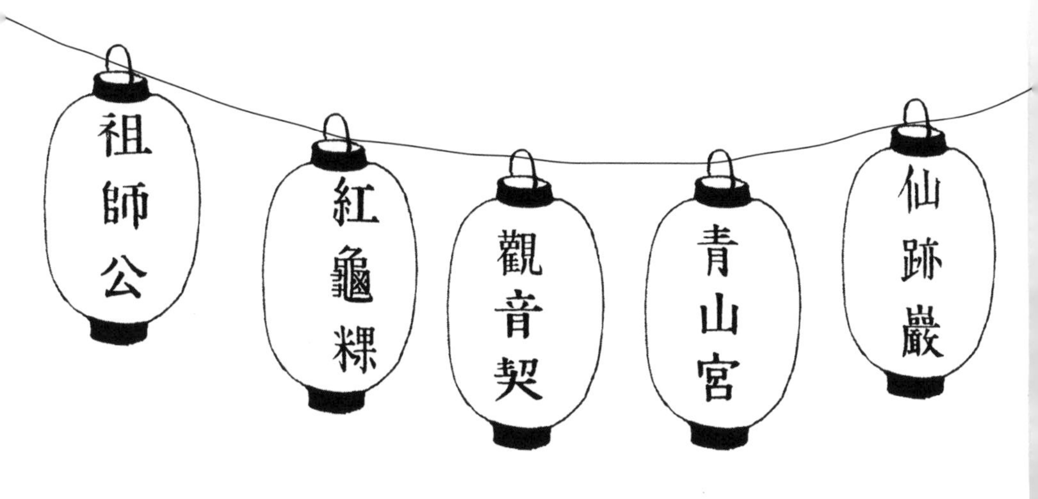

目次

〔推薦序〕

流動與血肉乃必要

鄭順聰

閱讀A4紙列印的《臺北男神榜》初稿時，我將長尾夾抽離，溜在手中把玩。唐墨九死一生的經歷鋪排而成的華麗斑斕，讓我指尾忍不住激動，出力過頭，長尾夾竟首身離兮。

擱下散開的書稿，黑色方形夾頭仍在左手，右手拾起脫落的銀亮夾尾，仔細一看，那不鏽鋼線框起的形狀，像符號Ω。

奧米伽，希臘字母最後一個，意指事物的終結、循環之結束，甚至在某些虛擬的世界觀裡，代表低下階層——閱讀《臺北男神榜》這充滿神諭與佛求的自傳書寫時，偶然這長尾夾脫落事件，讓我很難不連結到冥冥中之必然——作者唐墨可能是家族最後的男丁，血脈即將終結，傳承末代斷絕。其青春期叛逆曲折跌撞，好不容易攀上大學門檻，「母系」竟要停招！其人也未曾在社會的階層體制中「落地」，安於確切且穩定的位置。

如何定位唐墨？文史愛好者？同志？民俗控？推理小說家？演歌歌手？單口喜劇演員？日本和尚？

我認為，唐墨就是Ω，血脈終結後新宇宙之開始。

《臺北男神榜》將宜蘭山東合流的血緣，家族的宿命與詛咒，同志的精神覺悟與肉慾體驗，到漳泉械鬥的歷史餘緒，以及對大臺北地區寺廟掌故之熟悉與虔拜，串流為一股念咒般的聲口，大膽直接不做作，血淋淋剖開！這是我所以用「酣暢淋漓」形容閱讀體驗，讀起來就是過癮，臺語所講的：暢啦（thiòng-lah）！

述寫同樣來自閩南的漳州人、泉州人、安溪人之角頭勢力與械鬥始末，讓臺北史不再是陰濕破敗如都更前荒屋裡待回收殘紙，而將其喚醒重生猶如日本電玩遊戲三國爭霸，捉住重點形象化，賦予鮮明特色。唐墨對大臺北神明與廟宇不只是文史理解，是從家族記憶與親身經驗汲引，琢磨出比連續劇更淪肌浹髓的橋段。更別說其對同志地理學之勾勒、病理學探險，非探奇非悲情非訴求，而是用比喻、聲色、僻典、肉慾，洗出一片冰心，於玉壺中琉璃。

唐墨Ω宇宙之必殺技，為佳句處處的飲食描寫，光舉這例就令人口水不斷：「剪一小根魷魚鬚腳，輕輕旋開瓦斯爐，就著青焰，現烤配台啤。有時候烤得太香，整屋子人像一窩被弄醒的貓，凌晨一點，餐桌擺開小宴，冰箱拿出早上吃剩的泔糜，加入晚餐的剩飯又滾過一輪，數枚淺碟裝著酸筍豆腐乳，鹹蛋紅豆枝，母親還快手煎了一人一隻荷包蛋，嫩蛋白妝點純釀蔭油膏，像山水畫一樣。」

讀著讀著也必須說，唐墨的俗豔人生，參雜了大量色素，不營養，但超好吃。在這現代潔癖社會，色素被認為是有害的，想要禁卻禁不了。殊不知，這是多少底層Ω世界中人之日常，你越想禁絕，它越儼硬（giám-ngē，強韌），潔癖社會不認同不懂得欣賞，唐墨就用堪比國際名牌的高強度色彩疊加超大膽設計，讓你於低級中感受高級，俗味深處嗅聞至上醍醐味。

不僅神在對自己說話，也是重新內觀自我的契機。

第六章〈境主〉內文這樣寫著。唐墨跟自己對話，也要跟讀者對話，更是跟整個文學界與臺灣社會說：我們對臺灣史與社會文化的探究，已進展到角頭地盤捙拚（**tshia-piànn**，拚搏）的前沿，其寫實來自於真實，更因人生真實而生動，在文學的書寫與呈現上，幽微與逼視乃必要，流動與血肉乃必要。

「盈虛消息總天時」，唐墨都出過五、六本著作了，在讀者眼中與知名度上，依然模糊不清——天時已至，虛凝為實，不能只是當魷魚鬚腳——要將首身離兮的長尾夾合體，得先找到黑色夾頭的孔隙，捉準角度趁一個巧勁，將夾尾的Ω形鐵線入坎——終結處接上奧黑宇宙，煥然重生，展開創作新視野。

《臺北男神榜》該是了，確立作家的清晰位置，捉緊主題與技巧流脈，集中念力廣施願力，色素中提煉出正色，雜學家淬鍊為大法師——成為臺灣的三島由紀夫，唐墨是有機會的。

＊鄭順聰，作家，嘉義民雄人，中山大學中文系，臺師大國文研究所畢業。曾任《重現台灣史》主編，《聯合文學》執行主編，教育廣播電臺《拍破臺語顛倒勇》主持人，公視臺語臺《工工導覽先生》創意發想與臺語顧問。最新作品《台味飄撇：食好料的所在》。臺語作品有詩集《我就欲來去》，小說《大士爺厚火氣》，散文《台語好日子》、《台語心花開》，繪本《仙化伯的烏金人生》。

第一章

觀音契

一

渾身發起陣陣惡寒，腦門滾著三十九度半的漿，體感與盆地裡忽冷忽熱的四月天融合在一起，暖風才點燼綠葉，燒得滿樹木棉如焰火朵朵，把沿街的杜鵑烘得更嬌紅，計程車窗的縫隙突來淒風一陣，眼睜睜看整片豔紫色的羊蹄甲被颳落，夾帶著驟然雨勢，斷斷續續地，把落花全搗成碎泥。

不敢再看花花昏昏的亂紅一片，因為我的嘴裡也快開出了昨晚的龍舌蘭、杜松莓，還有滿滇滇至少兩公升的啤酒花。

這場陌生的宿醉，來得猛爆，排除掉酒後著涼的可能，推算空窗期，進行足跡匡列。是網路聊天室認識的直播彩妝底迪？還是酒吧男廁的不期而遇？到府體推的精壯按摩師應該是嫌疑最低的，雖然沒有任何科學根據，但我始終迷信職人會特別注重個人健康衛生，畢竟身強體壯就是他們的資本，當那整副精心養護修剪雜毛的生財傢俬，潤足油光在背後與胸前反覆蹭摩的當下，我靈巧的手指也正進行觸診，摸看看有沒有什麼殘餘的結痂疙瘩。

必須等到隔天早上，CPU終於把昨晚衝腦的精蟲排空，開始正常運轉，身為男同志一定都具備的基礎衛教知識才慢慢跳出螢幕。

首先，觸診絕對是無效的，各種性病潛伏期至少二至三個月，未發病之前，帶原者根本毫無知覺；再者，就算吃了PrEP提前預防藥，只防得了HIV，擋不住淋病梅毒皰疹陰虱；最後，感染機率雖然跟體液交換的量有關，但過度的熱情會造成各種皮膚與腔內各種細細小小的撕裂，這就是所謂的在千萬人的一滴之中我遇見了你，緣分多麼神奇不思議。

燒到渾身無力，四肢疲軟，冷熱交迫，用刪去法把不可能的病症排除，性覺醒後的男同志基本都具備性教育小助教的資質，性知識量略高於國民平均值，但是小助教很常在關鍵時刻變得健忘，或是在激情中自由放飛故意遺忘。點開一個個通訊交友軟體，過濾一夜夜約過的對象，一邊檢驗，卻又懷念著被壓著頭的每個晚上。

我的問題從來都不是發燒，而是發春才導致這場災難。

計程車開到離家最近的新店慈濟醫院，我費盡力氣才從錢包裡撈出車資，門一打開，正要衝進急診室，但是前腳才剛踏出去，不知道是體力已達極限，還是被壁畫裡的大覺者佛光照得妖孽當場腿軟，跌坐在地叫毋敢。所幸那時還沒有武漢肺炎，穿背心的志工師姑，勇猛精進前來搭救，隨手拉來一張空病床，協助護士靠在床邊確認我的基本資料，經驗老到地在我左手綁好辨識環。

所謂菩薩接引，差不多也是如此吧。當人生走到最後一刻，萬念俱寂，終於內外明澈，通身放倒，親見二十五位菩薩，從極樂世界趕來，《平成狸合戰》的隱神刑部乘著祥雲往生西方，而我則躺在慈濟病床上那朵蓮花金船Logo上。

舉起手腕，再次確認辨識環的個人資料，嗯，正確無誤，這樣我媽就算趕不及，也不至於認錯屍。忘記是在哪部男同志電影看過，男主角每次去趴踢的時候都會在腳底板用油性奇異筆寫上身分資訊，有助於後續驗屍方便。無論浪蕩在外多久，終有一天發現，想被接回家裡的念頭其實從未斷絕過，往往在午睡醒來，忽然陷入深沉的憂傷，惦念著父母或兄弟姐妹，惦念著家鄉。

男同志電影有時候不僅是情緒出口，更是衛教寶庫、愛情教練，以及人生導師。曾經同志電影都是不快樂的，主色調灰暗，光源森冷，彷彿一定要淒涼悲愴才符合做了兩千餘年反派角色的結局，雖然每個人心中的那座《斷背山》成為代名詞，但某人和某人搞「斷背山」的語境背後都還是能嚐得到一股酸腐的歧見。二〇〇六年的電影《酷兒同玩派》號稱是男同志版的《美國派》，讓同志電影多了一點喜劇的可能，正逢我情路蹣跚的二十歲，有些過度悲傷的情緒，都在各種笑鬧與過度清菊的荒謬橋段被沖刷乾淨。

於是我練習坦然走進男同志三溫暖，重新感受作為一個解嚴後出生的男同志應該要有的舒與放，不必單戀一枝花，滿草原奔馳，要像頭發情的獸，三溫暖的辨識環就是項圈與耳標，入場脫個赤條精光，所有衣物連內褲都塞進投幣式鐵櫃，上鎖後，全身上下只有手腕還「穿著」那串六彩繽紛仿電話線的鑰匙圈，套在手上，唯一的著裝，瑪麗蓮・夢露只穿五號香水入睡。衣服定義了自我認同，也向他人投放訊息，穿什麼就成為什麼，一號戴右手零號戴左手，這樣不怕撞號，隨時可以搭訕到對的人，坦誠相見，不要浪費時間。

平均每五分鐘就要看完一位患者的急診室醫生，從來都不浪費時間，很快就來到我的病床邊，簡單聽完我告解般的自敘，也理解我的性向，便安排護士先抽我幾管血，掛上一瓶點滴，匆匆趕去巡下一張病床。臨走前，醫生不忘叮囑，要趕快聯絡家人，準備辦理入院手續。

原來病灶早已肉眼可辨，而我卻當局者迷，醫生的宣告比生理監視儀器單調而規律的逼逼聲更為逼人，我聽得心急，拿起手機，開始反覆想像每種疾病的後果以及嚴重的程度，想像死亡逼近，想像如果真的中鏢了，要如何跟家人跟母親說明這一切……匿名篩檢剛推出的時候很多人包括我自己都害怕一篩就被「點油做記號」，倘若不小心被家人瞄到就醫紀錄或看到藥袋，追問起來，就是三天一小吵、五天一大吵的迴圈，吵到最後把彼此的愛都磨滅。病例出櫃是圈內最糟的一種出櫃法，很多案例包括同志電影劇情最後都是因此斷絕親子關係，老死不相往來為結局。

乾脆閉眼不看，不篩就沒病，鴕鳥心態跟炮友們裹在棉被裡，以為這樣就不會被死神敲敲門。父母眼中永遠的乖寶寶，其實每晚都在外頭大冒險啊，一床戰過一床，暗藏殺機的頂尖對決，每一次看似甜蜜的接觸，實則黃泉去來復又返，暗送無常死不知，繼續迷信地摸索對方身上是不是有奇怪的顆粒，用毫無醫學根據的觸診來推斷今晚是否能逃過瘟神與死神的欽點。

或者，再荒謬一點，隔天夢醒，帶著滿腔愧疚與罪惡感去廟裡搏桮，請示神明，問看看華佗或藥師佛或保生大帝，一顆顆奇怪的痘子長在大腿內側俗稱骿邊的地方，這樣是不是中鏢了？

笑桮。

神明笑我庸人自擾。還是笑我早知如此何必當初？

神明的旨意擲地有聲，紅漆已經摔到嚴重剝落的兩片木桮，如何問問題才是訣竅。不要問「可不可以再約炮」，要問「約炮是否要審選對象」，自動把「約炮」升級成神明默許，拐到神明的答案，拋開慮病症，去偏殿跟月老求一個新的床伴。艋舺龍山寺的效率最高，紅線當牛仔套繩，隨拜隨出招；而霞海城隍裡的月老，大概有城隍夫人助陣，附帶斬斷爛桃花抓小三的Buff，對於止暈跟掠猴都很有療效。於是信徒如我又自行詮解，想要現約就去艋舺，擺脫醜男渣男就靠大稻埕。艋舺多的是那種刺龍刺鳳的半胛小哥哥，而我就是你們今晚萬夫莫敵的守床大魔王。

起初是跟著異性戀拜月老，後來民間跑出新的說法，原來月老只負責異性戀的姻緣，男同志應該要去拜兔兒神，熱心的網友可能也是信徒，紛紛跑去臺灣僅此一家的兔兒神道壇拍影片貼文章，還徵引清代袁枚的《子不語》，教大家怎麼拜最靈驗。彷彿我先前拜月老求來的床伴，都只是命中注定碰巧剛好。

兔兒神本名胡天保，因為偷看巡按御史屁股而被杖斃，來到陰間，本來是被鬼差大哥嘲笑的對象，怎麼曉得笑著笑著大家就流出了同情的淚水，竟紛紛討保，求地府陰司開恩，最後封他專管人間男男相悅之事。

照這個鬼故事的邏輯來看，男同志若想求姻緣，應該也可以來找鬼差，負責管理廟衙內外安全的鬼差們，就是一群常常把「同性戀很可以啊但是不要愛上我就好」掛在嘴邊，自以為自己很帥的臭異男阿兵哥或警消人員，當男同志被欺負的時候，最先挺身而出的可能也是他們。而且鬼差到處都有得拜，官祀的松山府城隍，歷史悠久的霞海城隍，還有最近自行改制為首都城隍的城中市場省城隍，都有配祀文官武判，或八將二十四司；或像艋舺青山宮、新莊地藏庵這類具有審理陰陽功能，附加判官性質的神祇，手底下的鬼差當然也是兵馬萬萬千。特別是鬼差界的兩大臺柱，八爺范無救跟七爺謝必安，我常常懷疑當初就是他們兩個幫胡天保說項，畢竟七爺八爺生前的故事，無疑就是官方發布的正版CP，不信去問問異性戀男子，誰會在下著豪大雨的河堤球場，痴痴地等待他們的兄弟，等到河水暴漲了還不走，最後捨命淹死橋下？誰又會因為兄弟的先走一步，緊跟在後祭出三尺白綾自縊？

異男們聽到這故事都覺得，謝必安，祢那根本就是殉情！

灰暗的結局。已經走出《孽子》的時代很久了，像龍子阿鳳那麼慘烈的故事愈來愈罕聞，男同志活得愈來愈開心，現在也要爽、也要命，遵守「性交禮儀之生活」，無論是否要真心交往，熊肥狼瘦，一律先試乘再說的風俗，讓大家逐漸養成三個月做一次匿名篩檢，或自行購買快篩試劑的良好習慣，西門紅樓的某個樓梯轉角處，架設篩檢試劑販賣機，經常賣到斷貨，所以當疫情痛擊全球，篩檢試劑跟疫苗嚴重短缺的時候，圈內總是情緒淡然地看著新聞。

搶不到快篩這種事情，男同志很早就體驗過了。這是沒辦法的事。當初沒有篩檢試劑，沒有雞尾酒療法，沒有康普萊，大家只能仰賴不科學的視診與觸診，試圖吞符水逃避性瘟疫，都是因為沒辦法。

冰山消融，侵略戰爭，極端氣候，外來種吃掉瀕絕原生種，野生動物與人類生活空間太近而遭到「移除」……沒辦法，作為兩千年來不斷被撲殺，受火焚之刑的同性戀，終於在二十一世紀勉強倖存下來，很能體會這種深沉的無奈。

疫後餘生的異性戀現在也漸漸適應等待緩衝液讓試劑顯影的過程，懂得與病同行。異性戀朋友訝異我們篩檢的嫻熟手法更勝小門診的醫護，看是要刮口腔、插鼻子、或是刺指尖取血，全都不是問題，畢竟身為優質的男同志，不害怕任何外物來探索身體的深度，甚至應該要樂此不疲。棉花棒從下排牙齦搜到口腔內壁，竭力掃取黏膜的過程，充滿色情暗示，像是在回味每個炮友的舌尖曾走過的路徑。

疫情就是屬於那種沒辦法的事情，人作孽不可活。新聞畫面重複播放一個個突然倒下去的染疫患者，那些經常在G-Star舞臺狂扭屁股的不管是阿杰小J還是傑哥潔西卡，曾經的男神們連最後一面都沒見到，某天想到要搜尋他們臉書約喝酒吃飯，皇池泡湯嗑海鮮粥，全都成了僅供追憶的「紀念帳號」。統統跑去找鬼差報到，不曉得他們哪位會晉升成地府男神，繼續庇佑後輩晚生們的鬼差或胡天保？《子不語》的故事依循地府的述職系統，水鬼做城隍，善鬼封為福德正神，男同志色鬼就去當同志愛神，鬼有所歸，乃不為厲，亞洲式的驅鬼手段簡單粗暴，好香好花拜祂們，然後向祂們許願，祂們為了滿足世人無窮的慾望，就會陷入無盡的工作地獄。簡直比死還難過。

死亡曾經貼得很近，沒有疫苗與特效藥的日子，男同志的憂病習性更像某種生存機制，每天算著空窗期，隨時準備成為《時時刻刻》的理察．布朗，躺在病床上執拗地拒絕所有人的善意。臺電大樓站附近曾開過一家同志友善咖啡廳，店名就叫「Hours」，距離吧檯最近的地方當然是貼著電影海報，每次點餐的時候都會跟梅姨對上幾眼。男同志很迷戀梅姨或梅姑這種氣質的女子，英氣瀟脫帶有女王風範，特別喜愛梅莉．史翠普自己去買花的那段致敬，我的人生我主導。電影劇情雖然環繞著女性主義開展，男同志卻能越過編劇及導演的調度與改動，在電影裡找到安放靈魂的地方，如偵探般發現原著小說家還真的是熱愛吳爾芙作品的男同志。

這就是同志雷達，精準到可以從家族合照看出你那未婚叔或不娶的舅，其實是深櫃。

同志雷達已從都市傳說逐漸變成社會科學研究的論點，同路人自然很容易發現彼此，也很容易群聚在一起，同志運動有賴女性主義啟蒙，而每一年同志遊行路線都廣義地涵蓋了女性、性工作者、性少數、性貧民等各種與性相關的社會議題，「Hours」的旁邊是更早開業的臺灣第一家男同志書店「晶晶書庫」，隔壁巷則是臺灣第一家女同志書店「愛之船」。隔不過一站捷運的距離，「臺灣同志諮詢熱線協會」辦公室是圈內的「張老師」，在無數個夜裡接住了許多彩虹羽翼短暫褪失色彩的灰色靈魂。

我從未撥過熱線，我知道自己那些讓人煩心的小情緒深夜竄起，並不值得撥去占住別人救命用的熱線，所以我就是那個大清晨去搏桮煩神明的臭Gay。

從前我都會專程跑去關渡宮找乾媽求教，現在則是以方便為優先考量，如果學校有課就去景美集應廟，以前住艋舺就會去臺北天后宮或青山宮。

很多人都拜關渡二媽當契子，但我在關渡宮拜的乾媽卻是配祀在龍邊的觀世音菩薩。

在醫學不昌的年代，把孩子養到三歲，確定能走能跑，才向祖上匯報，讓他成為正式家族成員，那時候取的名字常常讓整個家族變成動物園，貓狗獅豹雞牛，用賤名欺騙陰司鬼差，這樣才能提高生存率。就像在網路遊戲看到ＩＤ是什麼「墮天使」、「風行者」的玩家，通常都玩得不怎麼樣，而取「滷肉腳」、「貢丸湯加酸梅湯」、「雞排口味葡萄柚」這種無厘頭的帳號，往往才是該伺服器內傳說等級的狠人玩家。

我一度想把自己的筆名改為「加走」，字型看起來古趣，字音配字義則相當滑稽，頗有在鍵盤上走跳人生的意味。叫「加走」的都是藝界翹楚，沾光蹭一下泉州布袋戲偶頭大師江加走，或是一代傳奇唸歌先陳加走。

但命理老師不准，他們的改名邏輯都喜歡用金木水火土的偏旁，對應命格缺陷，五行缺錢，命中缺德，元素補強術，RPG遊戲讓火屬性的角色學會閃電箭，這樣就可以逆襲水屬性的魔法生物。我原本的「岱瑋」有山有玉，木剋土，跟我的姓氏雙木林相沖，後來就選了個「恕全」，得饒人處且饒人。

如果取名改名都不見效，才會啟用最強絕招，直接謄進神明的戶口簿，作神明的契子，這樣一來，眾瘟神命魔要做怪，或是鬼差判官來拘提，也得先看看神佛面子。

拜觀音做乾媽的主因，我猜想可能是潛藏在心裡的佛教本位主義，雖然知道媽祖是臺灣很重要的信仰文化，但總覺得佛菩薩才是我的真實皈依處。可是當時的我又說不出來為什麼佛教徒可以耽迷於占卜搏栝這種問神明的活動，或許混雜的信仰體系才是臺灣實況，我就這樣自以為是地過了很多年，虛有佛教徒外殼，內心卻渴求仙佛神聖賜福解厄的日子。母親則想得比較單純，她說她又跟媽祖不熟，不好意思把我這個麻煩的小孩託給媽祖照顧，而且家裡的神桌也是供奉觀世音菩薩，所以就順勢讓我拜觀世音菩薩做乾媽。

二

早上發燒的時候，發現狀況不單純，我在等待計程車接送的這六分鐘之間，已經先向家中的觀世音菩薩擲杯請示了一輪。

是否感染了HIV，沒杯。

是不是宿醉，沒杯。

是不是其他傳染病，也沒杯。

身為擲杯小天王通常都是一杯定輸贏，跪在神桌前我苦思許久，究竟是什麼核心問題沒有問到呢？

想了很久，我回憶起第一次跟不認識的人發生關係後，那種強烈的罪惡感，逼得自己不得不問神明這題：「我這場病，是不是業障現前？」

聖杯。

難道身為同志就是業障嗎？

笑杯。

放下心中憂慮，眾生平等。病是因業緣而升起，但同志不是業力障礙。看著觀音慈祥面容，當年就是被這張臉騙了，犯下大烏龍把祂拜成乾媽。

真正開始學佛後才知道，應該喊祂一聲乾爸，長髮美男子，極樂國的男神大丈夫，宇宙第一偽娘莫名成為我乾媽好多年。也因為知道了這個天大的真相，我竟愈來愈不畏展現出個性裡的陰性氣質，以前很在意被同學罵娘娘腔，現在則是大方伸出手，手背向上，五指上下舞動配合著女明星的嬌嗔，對啊我就娘。

拒絕枯燥的二元觀或宿命論，我更像是個抗拒出生，蔑視死亡，以「歹育飼」出名的孩子，任何父母碰到我這款，就像在遊戲開始畫面點選到困難模式，彈藥有限，血條偏薄，每個關卡埋伏的敵人卻特別多，而且還個個皮硬耐打。根據我媽的說法，我是以臍帶繞脖的姿態問世，某位功力還不夠上電視的紫微斗數的老師，因此叮囑我媽，說我跟蛇有宿怨，命帶水關，從事水上活動千萬要小心。民間信仰對因果業力的只懂得線性歸因，殺蛇變蛇，殺牛變牛，機械式的想像讓身障患者莫名揹上前世斷人手腳的原罪。

母親曾經很信這位老師，很多事情照老師說的發展了一陣子，而也是那位紫微斗數老師開金口，道破水關天機的那年夏天，我在小學的游泳池學會自由式，從此把游泳當作我唯一喜歡也唯一擅長的運動，然後再也不信紫微斗數。

學游泳是為了增強心肺功能，心臟偏弱的我，很常半夜三點突然「夯起來」，無論心跳過快或過慢，意識清醒或渙散，腋下體溫量出來都是不容造假的高燒三十九度半。其他像什麼肝指數過高，白血球超標，靜脈血管偏窄，尾椎軟骨增生，我的體弱多病完全禁得起科學儀器檢驗，不像有些小孩為了撒嬌討關注，只會用假哭裝病的伎倆，而且身為照書養的第一胎，我用肉身驗證育兒書的每個章節，該起的疹子、該脫的皮、該發的黃疸、該拉的稀，盡責地把育兒書上寫過的所有症頭都發作一輪，我生過的病多到可以為作者的醫學威信背書。

所以嚴格說起來我不算慮病，我是真的有病。X光片超音波、運動心電圖、腸鏡胃鏡、核磁共振、血液尿液甚至糞便報告，都還留有手寫紀錄，那是在健保制度上路以前的事情，A4開的橫紋格紙，塞在同一本文件夾裡，厚度相當半本國語日報辭典，跟其他病患的病歷一起放在推車上，更顯出尊爵不凡的分量。後來健保卡可以一票玩到底，放射室被我當成街邊的拍貼機，電腦斷層儀玩成某種新生兒體驗裝置，密室逃脫推進推出，重新感受生的喜悅與苦痛。

根據住家搬遷的軌跡，我的病歷發行過榮總版、馬偕版、慈院新店版，聯合醫院則祕藏了昆明院區版，那是完整的青春性生活史，記錄了我的西門町軌跡，內容精彩豐富，包括第一次看泌尿科，第一次看性病，第一次篩檢愛滋。當我跟醫生對面而坐，娓娓道出近三個月的性生活史，藉此診斷陰部的不明紅疹，我恍惚有了身為一個成熟男人的自覺。

結果那只是俗稱皮蛇的帶狀皰疹。命理師的前世殺蛇怪談，隔了許多年，再度從我媽的嘴裡說出來，不過這時候更像典藏在家族的一則笑話，因為那位命理師不知道為什麼，自從我學會游泳之後就開始頻頻失準，後來更說我媽會成為天母第二富裕的人，三十多年過去，我跟我媽都在想，這個富裕有沒有可能是很阿Q式地隱喻著某種「心靈上的富裕」？

可能是剛才打的點滴起了作用，稍稍恢復了一點精神，所以腦細胞有這些暇餘胡思亂想，回憶起很多往事如走馬燈閃過。我看過自己的命盤，疾厄宮沒有凶星當頭，紫微斗數老師跟診療間的主治大夫都無法解釋，才五歲的小孩怎麼會因為心臟問題頻繁進出醫院？

大概五歲左右，有一回，半夜送到急診，也是查無病因，留院觀察的時候母親心頭一橫，想說既然算命老師沒辦法，八〇年代的科學手段也沒有能力對治所有的怪病，那不如帶我回高雄一趟，找外婆求救。

外婆家在自立橫路，隨軍來臺倉促整建的那一整排平房，早在十餘年前就被徵收，地上物拆得精光，空餘著地面磁磚還是當年的花草，我後來回去救下了廁所對外窗的木條邊框，是外婆家還存在過的最後紀念。記得外婆家進門左手邊，有一個訂在牆上的神龕，龕裡放了一顆典雅的青瓷香爐，每次上香必定要插六炷香，但爐的後方總是空蕩蕩的，沒有任何神像或牌位，也沒有佛畫檫仔。無形無相，恍若祭祀至高無上的天公。外婆說那是從故鄉煙臺來的老神，是孫蘇家的家族神，是她姥姥也就是我的外曾祖母傳下來的，早晚誠獻六炷香，碰上任何疑難雜事，焚香稟告，效驗神準快速，而且百無禁忌。

出院手續剛辦好，父親開著車載我們，在國道一號奔馳，他不太認同援用超自然力量來解決我的問題，但人生的困境偶爾會走進這種最無奈的「寧可信其有」的階段，走投無路之際，我頭一次聽懂大人們說出「死馬當活馬醫」這句成語的意思。

這也是屬於那種沒有辦法的事情。

我尋遍文史典籍，也訪問過山東籍的民俗學者，沒人曉得孫蘇家老神的來歷。但老神在在，外婆形容姥姥，一個沒念過書的農婦竟能通曉天文地理，而且自行研讀易經八卦，彷彿是有黃石老人或睡夢羅漢暗中傳授絕技。她姥姥開給村人抓的方子，連那些祖傳幾輩的郎中都讚嘆用藥如神，不得不向這位農婦甘拜下風；她姥姥甚至精準算出鬼子打進村莊的日子，也算出共匪陷落省會的日子，外婆兩次逃離家鄉，都是在她姥姥催促之下而成行的。

第一次逃走，沒幾年就回去了；第二次再逃，就是將近半世紀的飄泊。兩岸開放探親後，外婆終於聯絡到家族倖存的成員，曉得姥姥在開放的前幾年走了，上個世紀打倒牛鬼蛇神的那陣，幫人「出馬」的姥姥被鬥垮，連她幫過的孩子也都來鬥她，說她是神棍妖婆，騙他們喝了封建迷信的符水。幸虧姥姥挺過來了，但也就這樣成了失去生存意志的人，沒多久就走了，萬幸的是離開時無病無痛，唯一遺憾的是沒能留下任何跟老神有關的事物，親族們說，姥姥還一直唸叨著外婆跟舅公的名字。

雖然沒來得及繼承類似「出馬仙」的絕技，但外婆血脈裡當然延續了某種巫女的靈氣，而且按照奇幻小說設定的巫術世界法則，會不會同是母系出身的我這個外孫，也有可能從外婆那裡分到一點點靈力？小學六年級最後一場運動會要設計創意進場，我把自己扮成《女巫也瘋狂》的山德森大姐，協調（逼迫？）當年的死黨裝扮成另外兩個山德森妹妹，進場的時候特地選用《太空戰士八》的女巫遊行配樂，硬是把小學操場弄成Drag Queen伸展台。

巫性往往是透過扮演而覺醒，東北薩滿跳大神會戲擬動物的形象；禹步一說是模仿大禹跛腳的樣子；圖博人的金剛舞演繹密教典籍的降魔故事；日本節分的追儺式，紛撒豆子，驅散人扮的惡鬼；而臺灣的壓煞儀式氣氛森然，穿戴整齊的鬼王鍾馗，帶領鬼兵鬼將，把冤煞集中趕往海邊，沿途碰到岔路還要請法師設壇，甩擊法索，誦唸咒語，以防煞氣往外擴散。

用戲劇化的手法展演著嚴肅的儀式，對宇宙萬物的運作法則充滿想像，無疑延續了上古人類最原始的信仰。

外婆沒學到太多繁雜的技術，但是她相信誠能通神，看著剛出院的我，抄起一把香，點燃後，在我胸前後背比畫，濃重的山東口音唸禱著她自編的祈願文，沒有絢爛繁複的法器或祭品，憑著她童小看姥姥替人「出馬」的記憶，小方桌擺著簡單的香燭、清水、白米，好像還有一杯米酒，這樣就足以啟動她的血脈之力，彷彿真的從老神那裡借來某些能力或權柄，滿屋子沉檀混雜的香煙繚繞，外婆閉著眼，似乎在接收老神的訊號，叨叨唸完，隨手擲了個桮，一桮即聖，這才緩緩睜開眼，說：「去認神明當乾兒子，這樣就沒問題了。」

「認老神不行嗎？」

「不一樣，最好是認大廟的。」外婆應該是想到我們家當時住在石牌，閉眼吟哦著說道：「去關渡宮吧。」

語音落罷，外婆嘆了口氣，像是把剛才借到的神力，悉數還給香爐後的存有。法力是向天地眾神借來的，有時候用供品借討，有時候是祭煉的術數自帶威力，或更多是來自施法者的自身陰德功果，福祿財子壽，這些都是陰陽借法的代價。

去關渡宮拜契這個任務，究竟是老神的意旨還是外婆自己的想法，至今沒人知道，但這個選項的確意外開啟了我重新認識媽祖這位魔法少女的神奇旅程，也讓我與外婆與煙臺姥姥與老神的超自然鏈結，悄然成形。

因為第一件難以用科學解釋的事情，就發生在收驚儀式結束後。

住在高雄的姨媽，臨時也跑來找外婆，她一踏進門，還沒人跟她提起剛才老神交代要去關渡宮拜契的事情，她只是知道我因為身體虛弱才來找外婆，便提議要我跟我媽一起跟她出門：「我待會要去找三太子問事，一起去吧，你們明天再回臺北。」

為了我的三寶身體，掛號費醫藥費診察費，單薪家庭堆築起了一座不算矮的債臺，家族裡的叔伯阿姨們都借過一輪了，人家沒開口討回這些救命錢，父母也不好意思再跟他們開口。所以找老神收驚，去宮壇問事，都成了必要選項。

死馬當活馬醫。

於是我就這樣親眼看到完整的起乩過程，雖然詳細流程記不太清楚，但讓我永遠忘不了的，是那位負責讓人問事的乩身大哥哥，頂著一頭狂獅般張揚的金髮，皮膚白皙，雙眼清亮而濃眉如劍，赤裸著帥氣的一對半胛刺青更像套上輕裝版的魚鱗甲。果真是中壇元帥如臨人間。雖然當時年紀小到毋成稍，但或許我的type就是這樣建立起來的，性癖的決定往往比我們以為的更早。不知道佛洛伊德有沒有這樣說過？

總之，從此身板清瘦的金髮8+9，就成了我的天菜，淺髮色配上日系漫畫的顎骨稜角，總是讓我神魂顛倒難以自拔。乩身搖晃他滿頭金髮，神似一頭興奮的雄獅。或是我某任玩地下樂團的男朋友。還有一任僅維持了兩週的酒店公關。當然還有無數個炮友幾乎都是這種類型的。嗅聞著淨爐裡竄起的濃煙，胸肌隨著急促的呼吸起伏，勾人心魂，執事人員還一勺一勺不斷往淨爐裡頭添香粉，薰得整間鐵皮小廟人人都遁進了不知有漢的仙境裡。

忽然，乩身抓起幾張壽金，折成長條，放在雙眼的位置，執事人員用紅布條把他眼睛蒙住，圍著腦袋纏了幾圈後，打成死結。視線可見的範圍都在紅布底下，在這樣的狀態，他無須任何人的幫助，依然能在桌案拿到正確的法器如令旗、線香、七星劍，還可以自己走路，踏著熟練的罡步，親自走到一個一個信徒面前，為他們施法加持，而令旗跟法劍也不會揮打到信徒。

一切進行得行雲流水好像他視力二．〇那樣，五歲的我難以解釋眼前所見，所以視為神蹟。

現在回想，或許長期密集的訓練，人類本來就可以閉著眼完成很多事情，但是當他走到我面前的時候，我還是被他帥得呼吸急促。他很自然就彎下腰來，蒙著臉也可以感覺他的目光正穿透壽金跟紅布，他或祂，對著我說：「你這囡仔歹育飼，嘛歹剃頭，愛較乖咧，知否！去拜干豆媽，知否！」

第一次感受到「神明在跟我說話」，有著茬葉刺鼻的味道，他雖然知道我們從臺北來，要我們去拜關渡媽祖聽起來很正常，但不到半天的時間內，蘇孫家的老神跟宮壇的三太子竟然指出同一條路，不得不讓人懷疑天界連線暢通無阻，干豆媽一口氣就請了兩位神明來幫自己做業配。

儀式的最後，乩身大哥哥從蒙眼的紅布條裡，抽出一張壽金，用黑墨在上面書寫一道沒人看得懂的先天符，要母親把符放在我枕頭下，就可以常保安康。如今那道符還在我的枕頭套裡，起初是神明的祝福，年久月深，漸漸不精準地被我私自認定為某種初戀暗戀對象送的禮物。

沒有邊際的妄想與回憶，順著點滴慢速地進入靜脈，虛弱地浸在過度放大處病的胡思亂想裡，血檢報告還沒出爐，這不免讓人驚嘆快篩的簡便迅速，但也開始質疑口水涕唾的準確性該不會不如血液？說不定上次自行篩檢的結果錯了？那我的空窗期不就得重新計算？

人只會在最無助的時候，才肯乖乖想起不管是乾媽還是乾爸，我都很久沒回關渡宮看看了。觀世音菩薩造像通常都會隨侍龍女與善財，契子如果是男孩，彷彿善財就是觀想對象，而女孩便以龍女自居。民間信仰最後選擇跟隨《西遊記》的設定，硬是把《華嚴經》

裡遍訪名師五十三參的善財童子，當成鐵扇公主跟牛魔王的兒子紅孩兒。不管是善財還是紅孩兒都好，趕快讓我的血檢報告出爐吧，不管還能不能留在陽間，我以後會乖乖待在菩薩身邊修行的。被晾在病床超過兩個小時，我覺得自己現在更像一頭被拖到神明桌案前的待宰豬公，正在等待道士或法師來主持發豬科儀，等得豬汗淋漓，豬識飄忽。

三

我們家曾經養過豬公，養在宜蘭員山老家的三合院旁，「輸人不輸陣」的阿公每年中元普渡一定都會請最響的北管，點最貴的戲，養最肥的豬，這讓阿公跟整個林氏家族在地方上更有威望，藉著回饋鄉里之名，顯顯頭臉。最後是因為年邁體衰，才放棄繼續參賽，把豬寮拆了，拓寬了龍邊的衛浴空間，我們才不用燒柴煮水洗澡，終於享受到瓦斯桶帶來的文明。

與外婆跟母親那邊的北方風格不同，日治時代曾經記載一場廟會就宰了百餘頭豬的紀錄，父族這裡從以前就是這樣拜王爺公跟媽祖婆的。阿公親修的祖譜裡，仗著林氏宗親的淵源，將媽祖列為同宗，跟神明套親戚，老早就大膽地用「姑婆」、「婆祖」喊了好幾百年，林家媽祖蔭子孫的說法在蘭陽地區相當流行，對媽祖的情感實非尋常神明可比擬，所以當阿公親自餵養的最後一頭黑毛豬，在媽祖聖誕當日，用起重機吊掛著，拉到農用卡車後斗運往廟口的時候，阿公站在門埕相送，落下了罕有的男兒淚。當然不是可惜那頭豬，而是哀嘆他沒辦法繼續再為姑婆祖奉上豬公，這本來應該在他往生那天才會發生的事情，但他的體力真的不允許他繼續養豬公了。

去年小豬崽剛來家裡的時候也是用這臺卡車去載，被選中的祂跟五歲的我差不多體型，如今卻被灌餵成為一坨只會呼吸的肉，跤蹄無法支撐暴增的體重，進食洗浴排泄都得靠人工輔助，年邁的阿公怎麼忙得過來。

無論如何，就是最後一科了，阿公收拾心情，騎著他巡田水用的野狼，載我去廟口看刣豬公。

那頭黑豬被扛到廟口的時候，目光渙散無神，涕唾流淌。

祂知道了嗎？知道自己即將被強制轉生到異世界當神仙？祭祀用的活物都有聖化過程，被法刃發遣的豬會成仙，割過紅冠的白雞會進化成白鳳，不同的是白鳳還能帶著傷口，殘喘並驚慌地活著，但豬的出肉量高，必須死。延續自先秦的「太牢」之禮，血食的犧牲被民間信仰繼承下來，成為重中之重，所以發豬用刀必須要先祭過，代表將刀刃獻給神明，象徵由神明親自執行這場發豬儀式。就像壽星要先切蛋糕第一刀。送豬登仙則必須由代言神明的道士或法師舉行，臺灣的道士可以分成正一或靈寶或全真或其他派，所修所學大多延續或脫胎自秦漢方士時代的典籍與祕術；法師則是華南地區特色，揉雜道佛兩教與各地巫術民間信仰，其神祕性與實用性大概可以跟姥姥的出馬仙作對比。

要讓教理論述豐實，同時又要兼顧辦事的實戰性，現今的從業人員大多都是道法兩門抱，無論道士或法師，對豬公來說，眼前就是此生立地登仙的機會，卻先被鞭炮聲與鑼鼓嚇出一地豬尿，癱在拖板車上瑟瑟發抖，洩了〈一江風〉。眾人幫忙壓住豬隻，刀子才剛剛靠到豬脖子上，突來一陣嘶天嚎叫，黑毛豬奮起的力量，幾乎要震開現場所有人，差點就掙脫壓制。原來祂還有這股求生的勁頭，而且祂居然都知道？是剛才法師帶祂進行辭槽儀式的時候，不小心讓祂聽懂了禱詞的意思嗎？發豬讓豬隻去做仙這種徒具浪漫，實則借刀殺豬，陷神明於不義的儀式，與我的價值觀對撞了很久，屠宰業流傳著「做雞做鳥無了時，大隻要刣，小隻要鋸，一刀送你去，毋通閣來膏膏纏」，這種順口溜般的咒語，除了讓自己心理好過之外，對雞鴨豬牛還有什麼實質幫助嗎？

我癱在病床像豬公一樣任由死神宰割，令人害怕的血檢報告終於出爐，報告書上一堆看不懂的數據，我就跟聽不懂禱詞的神豬一樣，唯一能辨識的就是醫生凝重的臉色。他沉沉地說，肝指數飆到七五〇了。乍聽這樣一個數字，沒什麼概念，英文術語就像法師誦咒，不過醫生讀懂了我眼裡的迷濛，補了一句說，這是正常人的十八倍，並宣判我是罹患了猛爆性的A型肝炎，必須緊急住院隔離觀察，並同時開出病危通知。

我才曉得麻煩大了。

但我沒有像那頭黑毛豬一樣，打算奮力掙脫這個局面，做了好多年罹患性傳染病的準備，聽到是肝指數暴增的時候，我竟鬆了一口氣，有一種啊幸好是肝炎的僥倖心理。至少不必在陪病的母親面前坦承最近三個月內的性生活史。

我怎麼能說！我怎麼能在這裡說，阿彌陀佛，這會嚇到剛剛推我病床的師姑啊。早在異性戀沒有警覺的時候，開放施打猴痘疫苗的晨間候診室，被大排長龍的男同志們續攤成狂歡派對，哪怕是新店慈濟醫院這麼佛光普照二十四小時不斷播放上人說法的地方，那群寶寶龐龐毛毛福福，暱稱ㄅㄆㄇㄈ的疊字男神們一到場，蓮池海會頓成酒池肉林，天男揮汗散華，嬉嬉鬧鬧模仿師兄師姑合十的樣子，擠出日久錘鍊的胸大肌跟二三頭肌。藏青與岩灰基調的慈濟醫院，多了層彩紅濾鏡，師兄師姑們面露尷尬，但還是把他們當成普通大男孩，別想太多，上人說人人皆能成佛，最高原則不問不說。

我當然也不敢跟我媽說。發病前一個禮拜，剛好是去韓國大開葷，從廣藏市場的烤肉、海鮮煎餅、血腸、生菜拌飯、活章魚，一路吃到晚上那位神似金宇彬的帥氣歐巴……不能說啊，韓國雖然是進步國家，但A型肝炎相當盛行，沒有抗體也沒打過A肝疫苗的我，怎麼想都是病從口入。

不敢提金宇彬，只好讓血腸或小章魚揹黑鍋了。

醫生讓我簽完病危單，拿口罩要我戴上，不許我下病床，趕緊喚來一位穿妥防護衣的醫護人員，跟志工師姑換手，由醫護人員負責將我推去搭電梯。我歉疚地看著年紀與外婆相當的師姑，我們剛才零防護地聊了家族的收驚儀式跟殺豬公習俗，而她看到我被隔離戒護，卻依然毫無懼色，向我合十。果真是勇猛丈夫。

電梯直達高樓層的隔離病房，著裝嚴實的醫護人員守在電梯門前，每次門一開啟，也不用特別說明，乘客看見防護衣就會自動後退，不敢進電梯。付的掛號費沒有比較多，卻意外得到這麼尊爵的待遇實在誠惶誠恐，就算是三途之川送行船上，白衣天使充當擺渡人，我也已做好心理準備，這或許是我最後一次搭這臺電梯上樓。

住進隔離病房，還是得鼓起勇氣撥電話給母親，畢竟只是肝炎，沒有什麼難以啟齒的。不要提到金宇彬就好。換洗衣物都沒來得及準備，提款卡也沒帶，後續要怎麼跟醫院訂餐都是問題。我要找媽媽。成年以來首次感受到自己根本還沒長大。

簽了病危單之後，好像整副靈魂都被押賣拋售，全身無力到連撥電話都得按一個數字，休息十幾秒，指頭才有力氣往下一格移動。好不容易跟母親說完狀況，她要下班後才能來醫院看我。確認辨識環沒有脫落，諸事暫且底定，我才有餘力從窗戶的鏡面反射，看到自己蠟黃的膚色。原來肝功能受損早就反映在臉上，難怪醫生不必特別看檢驗報告就可以先判斷我的病況很危急。給沒有患過肝病的朋友科普一下，肝臟罷工的時候，除了膚色變化之外，膽管也會阻塞，小便會變紅的，大便會變灰的，你會坐在馬桶上，真切地感受到這臺運轉了很久的機組，可能隨時要當機報銷。原來這就是天人發現自己正在五衰的心情，難怪祂們會急著去找佛陀求救。

肝臟出問題之後，「累死」這個詞會不斷浮現，坐著都嫌吃力，話也說得很乏，眼皮乾脆就不睜開了，直接進入省電模式。

甚至累到連「算了，今天就活到這邊吧」的念頭都會浮現出來。

母親傳訊息說，她想帶麻油豬肝炒菠菜，或燉蜆精蛤精蚵仔精來幫我惡補一下，但慈濟院區強制茹素，禁止葷食進院，她跟院方人員交涉失敗，當晚決定將我轉院到離她工作地方比較近，也可以正常開葷的聯合醫院關渡醫區。

除了開葷補身體，放在我床頭櫃那團由觀音乾媽親賜，用玻璃紙印著紅色吉慶圖樣的桂圓米糕，也是轉院的主要目的，母親想讓我住進關渡宮的轄境內，藉媽祖跟乾媽的力量，制衡體內不明原因的病毒感染。

香甜的糯米飯鋪墊在圓型紅紙上，飯的尖頂放著一顆帶殼的煙燻桂圓，從小拜拜不為別的，就是貪這口糯米飯，母親有時候做了帶有神諭啟示的夢，就會約我去關渡宮找乾媽，獻上清香三炷，求一團桂圓米糕，在乾媽見證下剝去桂圓殼，象徵脫竅重生，感謝關渡二媽與乾媽屢屢顯聖救護。

有些人以為媽祖只負責庇佑海上作業，但其實魔法少女的業務無所不包，蓋在水上的臺北古城，瘴癘瘟疫頻繁，病菌經常伴隨積水難以消退而猖狂發作，一場梅雨都可能引起嚴重的傳染病。相傳曾經發生過一場嚴重的霍亂或瘧疾或鼠疫，造成北部地區大量死傷，人人自危躲在家中避災，而早已不見人蹤的暗夜街道，突然半空傳來大聲叫嚷：「大箍查某欲來矣，緊走喔！」

很多人都聽見這聲淒厲慘叫，而隔天正好是等身大的關渡二媽駕臨該地的日子，因此有人說，那叫嚷其實就是瘟神連夜逃命的聲音。

各地宮廟或媽祖會，保有一套古老的年例規則，各庄不僅以當地神明聖誕為由迎請關渡二媽，需要平息瘟疫，解厄消災，或是春耕或秋收前後等重要的節日，都會迎請四尺高的等身大關渡二媽，前往當地賜福遶境。

二媽的刈單出入駕紀錄簿，詳載二媽出差的時間地點，迎二媽已經變成某種接力賽，除了自己的生日之外，二媽幾乎都在外地巡田水。所以其實我也不必要轉院到關渡，整個大臺北應該都可以算是二媽的轄區。現在除了開基媽跟正二媽提供給五個角頭迎請之外，廟方刻了很多尊二媽的副駕供外地庄頭迎請，內殿擺起來幾十尊軟身二媽排排坐，每天開著魔法少女的午茶會，迎去地方村鎮庄頭的時候，則是韓國女團辦握手歡迎會，在地粉絲無不熱烈大暴動。

其實按照外婆家的老神跟那個金髮帥氣三太子的說法，要我們去關渡宮拜契，但並沒有交代是拜哪一尊神為契父母，當然也就沒有指定要拜哪一個媽當乾媽。拜哪尊神當契父母，本就沒有什麼道理，民俗不講道理，談的是交陪感情。三國時代的育嬰達人應該是趙府元帥常山將軍，但信仰圈不如關聖帝君，很多人都是拜關聖帝君為義父；或也有人拜太子爺或廣澤尊王當乾爹，但這兩位神明當年昇仙得道的時候都還未滿十八，讓未成年來帶娃兒，感覺有點不太靠譜；至於最惡趣味的應該是拜濟公禪師當契父，和尚帶孩子，就像我把觀音大丈夫拜成乾媽。

至於拜契的儀式，老神跟三太子傳授的方法則是大同小異，兩套科儀整合起來，除了必備的香燭紙錢鮮花素果之外，最重要的供品就是六粒或十二粒的「紅圓」——染紅的麵糰或米粄，捏塑成渾圓的半球體，跟紅龜壽桃一樣包著濃甜豆餡，但是半球體的頂端得綴一小坨麵球，看起來比桂圓米糕更像一顆豐滿的乳房，象徵賜給小孩豐富的乳水，一暝大一寸。大地母神作為最原始的人類信仰，危急的時候人們都會大喊我的媽，不會喊我的爸。我們都應該誠實無邪地看待乳房，如果在十二婆姐坦乳的塑像與繪畫，刻意打上馬賽克，那才是此地無銀兩隻奶，不，二十四隻奶。

雖然身為凡人執拗地相信觀世音菩薩才是我拜的乾媽，不理會人家其實是乾爸，也無視干豆媽才是關渡宮的主人，但這都不妨礙干豆媽的神威浩蕩，魔法少女想要拯救的人，誰也帶不走，透過一次次的朝拜與還願，我被魔法少女的神祕力量牽引著，重新認識祂，體會到自己的無知與渺小。原來我固守的佛教本位主義，實則是毫無意義的笑話，因為開基的干豆媽就是臨濟宗的石興和尚帶來的，老早在鄭成功決戰熱蘭遮的一六六一年，石興和尚揹著木像渡海而來，並在干豆門擇定方位，結廬靈山境內，開始弘化濟世的傳教人生。跟北港朝天宮的樹璧和尚異曲同工，就算是民間傳說的附會虛構，至少也可以確定福建一帶的和尚都歡喜隨順信眾一起拜媽祖，兩例公案絕非孤證。日治時代北港朝天宮被尊為媽祖總本山，而關渡宮在各媽祖廟之間，則擁有足以與朝天宮並駕其驅的超然地位，如果當年的和尚都跟我一樣心胸狹隘，那就沒有「南笨港，北干豆」這樣的盛況與美談了。

石興和尚跟他的徒孫們以干豆媽所在的草庵為據點，跟鄰近番社打好關係，租用他們的土地，花了好多年，才慢慢將浮洲沙地開墾為良田，打下了和尚洲的基礎，還有我眼前這整片落地窗底，臺北最大最完整的濕地風光。前半個小時還只是水光瀅瀅的靛藍藏青，當斜陽盡歸山的彼方，短短幾分鐘內，光影變幻迅速，映透紫橘交錯的霞色，在河面嬉鬧出光影千重。

王昶雄跟葉俊麟誠不欺我，淡水河面果真是染著繽紛的五彩。

史載干豆門曾經是能容納百艘巨艦的地方，古人喜歡誇大，但現在這裡的開闊風光，的確是臺北城內極其罕有的絕景。我可能因為這場病有了什麼感悟，從未如此虔心，對著窗戶向觀音山合掌，也朝關渡宮的方向頂禮。其實根本沒力氣舉手，我累到連吃飯都要我媽餵，所以我是觀想著彷彿有一個健康的自己，對著觀音山與關渡宮合掌。能樂巨擘世阿彌的「離見之見」，我站在病房門口看著對窗膜拜的我自己，而夕日已被暈成觀世音菩薩的後光，白鷺輕輕踏足在泥灘地上，叼起不知道是招潮蟹還是彈塗魚，倏而振翼飛去。

如果心有方向感，也會順著鳥跡翱過遼闊河面，往有山的彼岸遠行。

河的對岸，山的那邊，不僅僅是干豆媽的轄區，還曾經是干豆媽的藏身之地，日軍剛登岸的時候，為了杜絕宗教場所被抗日分子搞成軍事基地，日軍主帥遂下令放火燒關渡宮，幸好火勢被及時撲滅，干豆媽安然無恙，眾人也因此協議，先將媽祖藏在八里的草堆或工寮裡，等待時局穩定再請出來供奉。

後來日本政府有條件開放宗教信仰的管制，干豆媽重回關渡宮靈山故地，以最古老的干豆門五大角頭為核心，一直擴散至整個大臺北地區，桃園基隆，遠至福隆貢寮宜蘭北海岸，更不畏險阻，進入石碇深坑等淺山地區，政府推廣北北基桃宜一日生活圈，應該請魔法少女擔任代言人。

這也解釋了為什麼我總會有種到處都被姑婆祖監管的錯覺，小時候住過士林，街上的慈誠宮是最常進出玩耍，吃烤魷魚喝木瓜牛奶的地方；後來搬去淡水，福佑宮對面的小吃攤本來生意都還不錯，但似乎每個被公權力整建成商場的小吃聚落都有同樣的命運，地利洩盡人氣不再，彷彿龍脈被應聲斬斷；高中在基隆念書，一放學就跑去慶安宮，卡牌店老闆會在這裡擺開小桌子，讓遊戲王的決鬥者們展開神前對決，餓了就吃旁邊的咖哩炒麵果腹。

二媽還會搭漁船、火車、卡車、轎車，到各地巡遊，日治時代曾發生過關渡車站站長將二媽視為「貨物」，要求按重量計算車票價格的事件，結果一尊四尺多將近一三〇公分的連座木雕，秤起來只有區區四兩一五〇克，人家說是心疼信徒幫祂花車票錢，運用神力讓自己變輕，在我看來更像是為了雪恥，畢竟先前被疫鬼瘟神說成是「大箍查某」，體重跟年齡都是女人的祕密，特別是魔法少女，怎麼可以容許「大箍」這個形容詞跟自己畫上關係，於是就利用磅秤展現神蹟，重新證明自己的苗條輕盈。

我最常準備的供品還是傳統糕仔或排隊店家的蛋糕餅乾，拜訪二十七、八歲的少女，又是自家姑婆祖，理所當然要獻上各路ＩＧ網美分享的熱門點心。我想媽祖是愛吃甜食無誤，尤其是吃了拜過關渡二媽與乾媽的米糕之後，我的病情就漸漸好轉，精神也愈來愈好，肝指數逐日下降，到可以坐起身來，還能自己走到廁所。

記得是米糕吃完的當週就出院了，醫生有點驚訝這個進步的速度。

但我跟母親都心裡有數。出院的第一件事就是去還願，那天剛好是媽祖誕辰前一週，有信眾請二媽回鑾，酬神謝恩的主家還發了兩頭豬。情感上慢慢能接受刣豬公的儀式，但我還是覺得讓媽祖這樣的魔法少女一個人吃下整頭豬，有點不解風情。

到關渡宮的時候，廟埕的豬皆已登仙，空餘一副肉蜫，掛在不鏽鋼棚架上，豬脖子底下放了一只辦桌常見的粉色塑膠碗，裡頭豬血滿到墊在碗底的壽金都染了暗紅色的暈漬。掏出的腹內全都裝在一個鋁製大盆裡，那個盆也是辦桌必備利器，看樣子待會儀式結束一定會辦一桌大的。不管是物資有限，看天吃飯的明清兩季；還是禁鼓樂禁私屠，但總是用「祭」為名義暗渡陳倉的日本時代，民俗祭祀儀式終極目的，募集鄉里財力物力，團聚在一起，請大家吃一頓粗飽，聊慰整年的辛勞。配著酒水享用那張豬蜫，不曉得帶著眾人的願力與法師唸咒而升遐後的飛天神豬，究竟會去南天門述職當兵將官僚，還是開心地回到大草原上，振開靈活的四蹄，自由跑跳？

主家從卡車搬下了幾張椅條，擺上全新的桐木板就是酬神桌案，對準關渡宮的中門，正殿干豆媽剛好可以俯視的角度，日吉時良，祭祀場面就此開張。鞭炮聲過後，鼓樂陣頭從遠處吹打起來，首先一定是沉穩大鑼，敲了幾通，鼓吹的聲音便悠揚地傳透整個濕地平原，又更驚起幾頭白鷺。牌子吹過了大半支，這才看見來者社名打印在新穎的LED燈箱上，原來是三芝的北管軒社，遠道贊境而來。裝著燈箱的白鐵仔花籃鼓架被推到廟埕裡，鼓架兩廂分別各站著一位樂師，一個打煏鼓，一個負責捶通鼓，行進演奏需要高超的技巧，而他們熟練地邊走邊打，本來應該是社內輩分最長的人應鼓佬的工，但時代演遞傳承，現在都是年輕人負責打鼓，長輩緊跟在他們後面，歕鼓吹、挨弦仔，左右排班。

走上廟埕後，打鼓佬立了鼓介，後半支牌子快速收尾，旋即開始新的牌子，壓陣的大鑼車剛好跟了上來，敲響三通，這下隊伍齊整來到中門，禮數完備地對著中門與干豆媽，三進三退，伴隨著〈風入松〉的破開入弄向媽祖致敬。破開入弄就是流行歌把副歌抓出來反覆重唱，演唱會上歌手唱到忘我的時候，還會用啦啦啦啦啦啦的方式帶動大家一起唱。

母親專程買了印有「叩答恩光」的大百天金，提著一塑膠袋的供品，向穿著廟名制式短袖上衣的主家打了聲招呼，對方也點點頭，笑臉伸手致意，歡迎我們把供品也擺上桌，好日子就該普天同慶，母親趕緊湊著熱鬧把塑膠袋裡的餅乾、瓜果、桂圓甜米糕等供品全都撈了出來，借放在主家的桌案邊邊，一同沾光，酬謝神恩。

在隔離病房那段時間，我不曾親眼見過乾媽，也沒看過二媽，甚至連神異的夢境都沒遇過，但我曉得有股力量正在隔離病房內運行著。男同志另一個不為外人所知的特異功能，就是十個大概有十一個人都會說自己看得到，還有很多人無師自通，自稱可以幫人辦事，擁有各種小說情節般的超自然力量。我雖然自作多情地認為繼承了些許來自外婆的血脈，但我是看不到神鬼的麻瓜，我也不敢介入別人的因果，更不會開價收費，不以此為業。

可是我相信，好幾個昏沉無力，呼吸急促，差點隨著阿公發去天庭的那幾頭神豬一起仙遊的夜晚，乾媽二媽老神三太子，或者我的阿公阿媽、外公外婆，或許都有用我無法察覺的方式來巡房，或許就像在落地窗前的雲影光彩，滌淨了體內的汙穢。

也可能是母親在我隔離期間，每天都去關渡宮上香稟告，煩得觀音菩薩趕緊出手相助，被奉為神女的姑婆祖，分來一絲半縷的巫流靈脈，讓我用以自癒自救。

現在只要聽說有人遇到束手無策又難以用科學解釋的困境，我都建議一律先去大廟拜拜，抽個籤詩，讓神明來提示一下接下來的方向；或是吃個紅龜粿、吃個米糕，幫助自己脫殼重生。重生的過程或許緩慢，但就如步入初春的枝條靜靜抽芽，挺過風雨，終將迎來花期的勃發。

第二章

安溪教練

一

老臺北人吃的粿量本來也不少，最有名的集體食粿民俗，應該就是乞龜。全臺各地都有乞龜風俗，通常是開正到元宵節之間，向神明搏桮，乞一隻紅龜粿或肪片龜，在新的一年，把象徵著萬壽福祿的祥龜吃下肚，並發願來年加倍奉還。紅龜粿和肪片龜都不耐久放，於是出現了取而代之的白米龜、麵線龜，或是用塑膠膜，把餅乾果凍沙其瑪等零食，紮綑成烏龜的樣子；澎湖更因為還龜的粿量太驚人，除了換成容易存放或轉送的白米龜，還有純金打造的金龜，信眾連年添錢增兩還龜，已經把金龜養到四百多兩，市值千萬以上。

但對我這種貪吃糕粿的粿民來說，還得是米製的粿類，才有增強體力，鞏固意志，恢復元氣，開運解厄等妙用，所以我最喜歡的還是農曆九月二十三，大稻埕法主公廟慶賀法主公聖誕的乞龜活動，因為這裡乞的依舊是包著濃郁豆沙餡，厚重扎實，手工揉製，足足一臺斤的紅龜粿。我每年固定乞龜一斤、還願兩斤，吃不完的就切小塊分裝放冷凍，要吃的時候拿出來加熱，蒸的吃嘴軟，煎的吃口感。

隨著安溪茶商陳書楚把守護神法主公請來臺北，與眾茶商集資，在大稻埕建廟以來，法主公的信仰和傳說便漸漸在北臺灣占有一席之地。法主公俗姓張，通曉各種咒語法術，頗有神驗，在閩廣兩地以及東南亞華人圈都有很多信眾，祂不僅向人間傳授法術咒訣，也是各種收驚制煞等法事科儀中的重要神祇，故深獲道士與法師的崇奉，尊稱法主。相傳法主公在收服五通鬼的過程中，一度屈居劣勢，是吃了紅龜粿才得以恢復神力，順利降伏妖魔，因此信眾發展出在法主公聖誕這天，舉辦乞龜活動的習俗。

祭拜法主公的安溪茶商，彷彿天選之人，迎來清末開港的盛事，大稻埕成為茶葉出口的重鎮，躍為國際貿易市場新秀。挾帶茶業技術，借茶致富的安溪人，順理成章地將法主公與紅龜粿這段類似《麵包超人》換個新的紅豆麵包臉，就可以重新再出發的故事，連同其他製茶產業守護神如清水祖師、保儀尊王與保儀大夫等神明的傳奇，栽種在北臺灣的土地上，慢慢從港口迤進河道，踏入淺山丘陵區，於是安溪人獨特的央元音帶有深濃的茶香喉韻，就在一甲一甲的茶園裡，漸次疏開。

有名的安溪守護神還有清水祖師，小學到國中這段時間，住在淡水，跟著看了好幾年的清水祖師大拜拜，還記得成排的乩身用消毒過的鐵串，穿過兩頰，不顧汩汩而出的鮮血，大搖大擺走在被封掉的半條中山路上，象徵神威顯赫附體無敵。在那個還沒有市民熱線一九九九的年代，大拜拜通常會持續到半夜，淡水街上都依稀聽得見嗩吶鼓吹的聲響，或者有時候忽遠忽近，彷彿幻聽。

淡芝地區有九庄大道公，市場裡有龍山寺，滬尾媽更是讓淡水免於陷入械鬥之禍的公親大家長，可是能動員淡水絕大部分的宮廟軒社，讓全淡水人熱血沸騰，出資參贊陣頭、請戲酬神，志願協助遶境與祭祀工作的，就只有清水巖的祖師公才辦得到。

祖師公是五月初六得道，前一天正端午剛好是一年當中陽氣最烈的日子，因此就訂下了端午暗訪，得道飛昇正日遶境的傳統，合稱為「淡水大拜拜」。但早年淡水地區如果有瘟疫或是村莊不安寧，祖師公都會機動性出巡暗訪，畢竟瘟鬼本來就不會挑日子發作，隨時都有可能需要神明出巡。根據馬偕博士的日記，一八八八年的八月三日，他就見過祖師公的轎子出現在街上，那天是農曆六月廿六日，並不是祖師公平常會出巡的日子。

不按牌理出牌，而且很喜歡跟在地民眾互動，祖師公這個黑臉大鼻子和尚的特點就是非常親民，甚至長年住在民宅裡，用奇妙的方式關懷鄉里，例如弄掉自己的鼻子，警示鄉人提前躲避災難等等。雖然晚了滬尾媽一百五十多年才走出民宅，眾籌資金，建廟安座，但也因為貼近人群，被淡水人視為「境主」。

暗訪當天的主角是「老三祖」，放炮起馬之後，沿著清水街下山，深入街道巷弄，沿街民眾擺設香案接駕，懇求祖師公賜福。第一站目的地是北營「北投仔」，然後轉往東營「庄仔內」，南營是離淡水捷運站最近的「港仔溝」，而西營最遠，已經來到紅毛城，再往前就是清法戰爭的沙崙古戰場。

當年法軍壓境的時候，劉銘傳眼睜睜看著基隆淪陷，逃回臺北，本來想搭船落跑回中國，但半路在艋舺被逮住，艋舺人還把他從轎子裡拉出來，大罵他是懦夫，逼他領軍上陣。幸好當時固守淡水的將領孫開華不畏戰，重兵部署在淡水河口，並號召鄉勇助陣，應用地形，採半叢林戰的方式，順利擊退法國海軍，成為清代對外戰爭中少數的勝利案例。

當時的鄉勇兵分二路，絕大部分的人，拿著農具跟簡易刀槍就投入戰場，而另一部分人負責把祖師公、滬尾媽、觀音媽、蘇府王爺的轎輦，請到海灘邊督軍壓陣。相信神蹟的人會說，是眾神顯靈助陣；相信科學的人則會認為，這是背水一戰，憑藉地利贏來的險勝，但總之經此一役，祖師公彷彿打架打上了癮，到了二戰後期還繼續顯靈，當盟軍轟炸淡水時，祖師公可能覺得自己還缺一對燭臺，隨手就接下兩枚炮彈來當祂的新燭臺，放在正殿兩側，從此傳為淡水祖師公的奇談佳話，也成為安溪人最引以為傲的歷史。

雖然大半個青春期都在淡水，但當時對傳統信仰不太關心，一心只想逃離那種放鞭炮嗚嗩吶的嘈雜現場，看著渡輪來來往往，迎神賽會的陣頭走走停停，我站在祖師廟前的空地，俯瞰這小小的港鎮，當個不虔誠的旁觀者，連香都不曾給祖師公插過一炷，就這樣轉頭離開淡水。唯一讓我懷念的，是淡水的餅行，老鎮都有很多餅行，餅行是老街老鎮老城區的見證者，老舊餅模，印出一個個印子，代表對這些住民的婚壽吉慶，大餅一視同仁。舊社會的里仁之美，訂喜餅不只是為了滿足貪吃的民族性，更是要分享新人的喜悅，分享庄頭的豐碩。

眾多餅行裡，我特別喜歡吃新建成的鹹蛋黃，在淡水的那段日子，就像傳統鹹甜大餅般，五味雜陳，卻又不互相干擾；冬瓜的甜，甜往人的心裡鑽，鑽出一個個螞蟻蛀蝕過的小洞，小洞裡塞滿初戀、初次失戀等等各種回憶。剛搬來淡水時正逢過年，新家的住址在新春街上，我們還為此而感到十分吉利，彷佛一切渾然天成，注定要搬到這裡來享受人生有如餅裡的鹹蛋香氣，數十種材料蜜煉出來的味道，應無從挑剔。

但如今發現，大餅早已提醒我們人生的麻煩事多過芝麻，一口咬下的人生也不可能只有一種味道。從臺北搬去淡水，是因為家裡買了房子；從淡水搬回臺北，是因為不得不宣告破產，淡水成了傷心地之後，我不曾埋怨過滬尾媽或祖師公，因為我在淡水的那些年，也不曾求過祂們什麼。

後來還是常常回淡水，行程幾乎都只是在河岸散步，就像還沒離開過淡水那樣，對於新開的網紅熱點毫無興趣，傾豎耳朵，聽著岸邊的歌舞歡樂，拼貼著以前河岸邊的建築風貌，懷念好久好久以前的泛黃記憶，凌亂地在河面上盪漾，卻忽然被一層層浪，推往大海不知處。看波堤下的纜繩像一縷魂，牽引著想追隨夕陽的破爛船身，不讓去，因為夕陽明日乘願再來，小舢船只好瞪著大大的魚眼睛，目送夕日離去。聖人臨水發出逝者如斯的喟嘆，我卻要在河邊等待夕日明月輪替，幾番高樓崩塌又興起，才稍稍能體會光陰的流轉是這世上最可怕的自然現象，剎那須臾，都不及眼一眨。

而這時候，我也終於想到要獨自攀上重建街，好好地給祖師公上三炷香，感謝祂讓淡水愈來愈好，感謝我們一家曾住過淡水，體驗過那些豐富多彩的民俗活動，所以十餘年後，我又萌生返鄉看熱鬧的心情，與民俗圈朋友相約，有幸全程走完了祖師公暗訪的「安四方」，當我跟著「老三祖」的輕駕走往北營「北投仔」，愈走才愈發現四周街景非常熟悉，原來以前淡水的家，就在北營旁邊，原來祖師公的庇蔭就在身邊，竟渾然無覺，或許是我們揮霍了祂的福澤，住進祂的轄區也不給祂老人家看看，不去找祂老人家說說話，只能說習慣城市生活的人，有時候真的太過狂妄。看著正在巡遶北營的祖師公，便覺得很對不起祂老人家，祂對淡水人的承諾，被我這個佛教本位恐怖分子當成搧海風。

二

仔細回顧起來，幾次搬家都不曾離開安溪守護神的轄境。這不只是巧合，更反映著北臺灣處處都有安溪人的足跡，從海港延伸至內陸河港，街道或山區，就像追著我的媽祖一樣，無剎不現身，在住家附近遊逛，猛然間，轉角遇見天后，以及安溪人的守護神。福建地區的和尚對媽祖崇敬有加，他們應該遇過更難以解釋的奇妙體驗，一說媽祖可能是觀音的弟子，另一說兩者其實無二無別，同一法身。當我還像個閃躲姑婆祖庇蔭的叛逆子孫，好幾次進關渡宮都徑直走到觀世音菩薩面前，刻意忽略桌案的關渡二媽；或是每次總是遠觀著淡水大拜拜，遲遲沒有對深受民眾愛戴的祖師公發起崇敬信心，彷彿這樣的我才是個皈依佛，盡形壽不皈依天魔外道的乖寶寶佛教徒時。我卻忘記祖師公是佛教僧人，皈依僧才不會墮入餓鬼，對自家佛門祖師公如此不敬，難怪我怎麼都吃不飽。

大學考上世新中文之後，在景美文山一帶生活了超過十年，也漸漸開始反省自己的信仰態度，上天下地，先是跟室友租在景美夜市附近的頂加，每逢期末考前後或文學獎投稿不順，我都會跑到景美集應廟求籤，尋求尪公的開導；後來室友找到保儀路附近，木柵菜市場對面的地下室，從此與木柵集應廟的尪公保儀大夫當了快三年的鄰居，也曾多次跟著尪公上山巡茶園，親身踏進安溪人墾殖的茶園現場。

現在的我必須說，於我而言，文山區的尪公不計前嫌，讓我在大學及碩士時代，奠定了維持至今日的寫作方向，也獲得了足以支應生活開銷的獎補助與稿費，每當我遇到不平順的事情，也都會就近諮詢尪公的意見，大學時代是人格育成的另一段高峰，而尪公就是接力在祖師公之後，繼續陪伴我的人生教練。

尪公這個詞彙，經常被認為是死守睢陽城的張巡或許遠、北宋押運官鄭保惠，或是楊家將裡的楊五郎大德禪師等神明，「尪」是漳州慣用語，包括「尪仔標」、「尪仔頭」、「大神尪仔」，神桌叫做「尪架桌」等等，但因為安溪地理位置剛好處於泉漳之間，被兩地語言和文化互相透濫的安溪人，沒有沿著泉州人的習慣用「佛仔」、「佛公」來稱呼神像，反而是用了漳州人的「尪公」來稱呼自家神明。

所以我跟安溪人也不算田無溝水無流，至少在祖籍原鄉的地理位置上，我們本來就很接近，而身為一個臺北人，似乎很容易就不小心住進安溪男神的轄境內，我興味盎然地走讀文山區的廟史，找到隱身在大臺北地區裡的安溪人，更走進分類械鬥的片段，學到一套從姓氏跟口音就能猜中對方祖居何處的本領，也透過安溪人的信仰分布領域，檢證當年墾殖與械鬥的實況。

有人認為安溪人是械鬥史中的Loser，除了他們攻不下漳州人的領土之外，舉家窩在淺山地帶的丘陵區，放棄適合耕作的平原盆地，對於一個墾殖的族群來說似乎有違常理。但這個說法已經受到挑戰，因為安溪縣位於閩南的丘陵地，渡海來的安溪移民有很高的比例，都是從事種茶或跟茶葉有關的茶業產業鏈，而尪公、祖師爺公、法主公、安溪城隍等諸神明，除了比較籠統通泛的濟世救人之外，全都自帶驅蟲、散瘟、保佑茶園的特殊科技加成，更合理的判斷應該是安溪人渡海之後，在北臺灣的山坡地找到與家鄉相仿的空間，就這麼卜定方位，生根落戶，所以木柵、景美、汐止、坪林、淡水、鶯歌、三峽等淺山地區，都能找得到安溪人的聚落，幾乎都有尪公或祖師公的信仰，同時也錯落著非常優質的茶園跟老茶樹。安溪茶農用他們自己親手採摘、走水、浪菁、揉捻的茶湯供養神明，而守護茶業的安溪男神們，則會給在每年年初，頒賜關於茶業流年趨勢的公籤，並在他們迷惘的時候給予指引，陪伴著獨守山區的茶農們。

跟著景美、木柵等地的尪公巡了幾次茶園，我也接受了擇地卜居的說法。尤其看見轎班謹慎地按著產業道路與前人走過的古茶路，一園一園巡，一樹一樹巡，在眾人齊聲喊著：「尪公來囉！」的聲音，老茶農們也紛紛出來擺案接駕的畫面，我更確信應該是部分從事茶葉販賣的安溪人，住在平地；而負責種茶的安溪人，則深入山區，兩邊互相通力合作，才有可能打造出安溪的鐵觀音與包種茶王國。

在交通不便的時代裡，一輩子守在山區的茶農，或許只能藉著一年一度的尪公巡茶園，親自向尪公獻香敬茶，在山下發揮的尪公也會特別仔細照護這些茶農，往他們的茶園裡插入一根竹製的尪公拐，拐頭夾著金紙，拐身書有符令，代表尪公坐鎮於此，有驅除害蟲，守護茶園收成的神力，也能讓茶農們睹拐思神，藉此想起尪公的恩德。安溪人絕對不是被打進山裡，而是這座山擁有他們故鄉的景致，他們親手栽下故鄉的風味，彷彿他們不再是離鄉背井的遊人。

尪公巡茶園的陣頭很輕便，主要是一面響徹山林的小鑼，單調的節奏，隨轎伕的步伐，平穩地敲打，尪公轎輦則是規律地、慢悠悠地在山路間前進。隨香的隊伍因為每個人體力不同，有的緊跟在尪公旁邊，有的還在上一個休息站歇腿，但無妨，尪公會在終點等待大家，不管有沒有辦法走完這條香路，都將受到尪公的庇佑加持。沿路也會有熱心民眾，設置簡易的休息站，站內提供的除了寶特瓶水之外，每一站都會端出該區茶農最自豪的茶水，供大家免費飲用啉通海。小時候在鄉間隨處都能見到「奉茶」的大茶鈷，旁邊隨意放著幾個不成套的透明玻璃杯跟瓷杯陶杯塑膠杯，誰熱誰渴，就自己拿杯子倒兩杯來喝；後來因為衛生因素，短暫地把杯子換成免洗杯；又因為環保因素，以及後來的武漢肺炎肆虐，很多地方乾脆就取消了「奉茶」。取消一壺茶不算什麼，我比較擔心農村樂於分享的精神，會不會也就這樣隨之消失。奉茶比較常喝到的都是涼開水或烏龍茶，但有時候能在炎熱的夏天裡，倒出一杯冰涼酸香的酸梅湯，或是微苦回甘的青草茶，那個當下除了驚喜之外，更有滿滿一杯對奉茶者的敬意，畢竟要在那種天氣裡，熬煮中藥行抓的酸梅湯包，或是青草行抓的帖方，光是用想的就滿頭大汗了。

某一年，跟著木柵忠順廟的尪公巡茶園，走著走著，完全不讓人有心理準備，尪公三祖的武轎突然往前衝，轎班的腳步隨著小鑼急切的節奏，跑出了產業道路，往旁邊的山溝跑去，跟在轎邊隨香的人也趕緊拔足追上去。

扛在前面的轎伕，抓著右手的轎擔，打向一株直條條的相思樹幹，小鑼追上來，敲的節奏也隨之變得更緊湊，噹噹噹噹噹個沒完。

知情的執事人員趕緊往相思樹一探，手裡竟抓起一隻黑裡透藍的石龍子。小小的山蜴被執事人員緊緊揝在手中，然後一個勁兒往轎擔上摁住，小石龍子被這麼粗暴壓在手底，恐怕已經凶多吉少，而這時候轎子跟小鑼才慢慢往後退，退出山溝，退回到產業道路上，但執事人員依然不肯鬆手，就這樣緊緊抓著轎擔，跟著轎子一起後退，直到旁人遞來一條紅布條，他才一手壓住轎擔，另一手纏繞紅布條，熟練地把石龍子死死地纏綁在轎擔上。

看著眼前的突發狀況，我還是挺心疼那尾石龍子，但這就跟我當年看刣豬公的心情一樣，爾愛其石龍子，吾愛其禮，民俗信仰的確存在看起來對動物極不友善的行為，偏偏這裡頭也蘊藏著信眾投射的各種複雜情感，實在很難用單一價值觀來評斷。譬如廟會就算一次發遣幾百頭豬公，如何跟屠宰場每天宰掉以萬頭計的豬隻相比？抨擊廟會豬公儀式之前，是否願意先對自己碗裡那塊肥肉懺悔道歉？在山溝裡取下一隻石龍子，讓廟方藉此說一段尪公收妖的傳說，可以安撫當地的虔誠居民，讓他們心中有靠，從此不再感到憂懼，就是宗教信仰的社會責任。

是因為林立的樓房讓我們尋不見古老的香路，看不見神域，神明的境被遮蓋住，所以我們也愈來愈不信邪。不信邪也不信神。即使神明的轄區一直都在，各宮廟也都維持著年例祭祀，但傳統信仰圈正在消散，是不可扭轉的既存事實，而且信仰人口可能還會隨著少子化繼續下探，當年撐起祭祀圈，負責輪值輪普的各地角頭，都已隨著信仰人口流失，而紛紛退角，無力繼續承擔祭祀活動，終有一天我們會看到某某神明的聖誕與迎神賽會，因人力物力不足而停辦。

所以在那之前，我希望自己能盡量走走看看臺北各地的廟宇，我可能留不下什麼很正式的學術報告，但我可以告訴以後的人，例如景美集應廟的正前方，曾經有一座老戲臺，大概是戰後蓋的，題有「中正臺」三個大字，後來因為產權問題，漸漸被隨意據地蓋成的矮房包圍，我曾在大日子偶爾看過歌仔戲班使用那個老戲臺，其他時候都是另外在旁邊的景美街搭竹棚子獻戲，神明可能得拐個彎走出去，才看得到酬神的歌仔戲或布袋戲。現在戲臺跟矮房都被拆光了，走出捷運一號出口，左轉就可以看見開闊的廟埕，戲班可以直接在廟埕搭棚，大型法會也可以使用原本就屬於集應廟的廟地。我曾經惋惜那座戲臺，但我也曉得要讓神明的「境」重新被看見，信仰的力量才會慢慢生根，讓原本只是行走在路上的人，體認到自己正走進神的領域裡。

畢業後，依然是室友選的住處，剛好選在法主公廟隔壁的公寓，所以才會加入乞龜的行列。身為漳州子弟，有幸與泉州安溪茶商的男神們繼續結緣，因此聽見和鳴南樂社在法主公廟練習南管的悠揚樂音，而展開我的南管學習之路，真的得感謝這些安溪男神們的照顧。

那棟漆成橘色外觀的包租代管公寓，與法主公廟五層樓沖天直上的磚牆廟體還算和襯，推窗就能聽到和鳴南樂社練習的聲音，客廳即是搖滾區。因為臺北的南管館閣相當稀有，難得如此近樂樓臺，我也沒有多想，就這樣一頭栽進了南管的世界，從執拍開始學唱〈共君斷約〉，還跑到彰化老天興樂器行買了把臺灣製的南管三弦，開始學彈每位弦友都要會的第一支曲子〈棉搭絮〉。

每週固定兩天開課，我雖雜務繁忙偶爾缺勤，但每個月都會往法主公廟跑個三、四趟，即使後來搬離了搖滾區，依然固定回社參加排練，多蒙老師們不棄嫌，不但義務傳承這項古老的音樂藝術，每年還會安排新生跟前輩弦友們一同公開演出，在神明前獻藝的弦友，也不計較我們這些新生獻醜，所以我也很珍惜每次演出的機會。南管人崇奉孟府郎君為祖師爺，而提供場地給和鳴南樂社的法主公，儼然就是我們的校長，所以社裡每年都會幫校長祝壽，感謝校長庇佑我們學藝順利，讓南管樂音繼續在臺北悠揚傳唱。

南管快失傳了，現在也很難在城裡聽見安溪腔，曾經風光一時的泉州人也好，安溪人也罷，慢慢被搶攻市場的廉價茶湯稀釋掉了。大稻埕不再具備航運功能，茶業風光已逝，傳統茶商只好紛紛尋求轉型，變成股份有限公司，陸續入股的股東們，都有自己的信仰自由，法主公的影響力因此開始慢慢消退，乞龜的人愈來愈少，所以再也看不到那種眾茶商圍著茶業守護神，搏桮求禱神諭，或是茶郊頭人們在廟裡開會撨事情，彷彿鄉野傳說的現場畫面了。

相較於霞海城隍聞名海內外的月老熱潮，法主公廟聖誕期間，如今只剩一間粿店供貨，而且年年都會聽到老老闆打算退休不再炊粿的消息，懷抱著吃一年少一年的戒慎，粿民們都很珍惜向法主公乞來的每一口紅龜粿。

我時常在想，愛食粿的粿民也愈來愈少，這算不算另一種文化危機？除了社會形態變遷之外，受到減糖風潮，以及遠離精緻澱粉的意識抬頭，各種不同形態的平安龜取代了紅龜粿跟肪片龜，我想，粿的作法應該會最先被廢去，再來就是「kué/ké/kér」的發音，特別是安溪人的「kér」，而失語之後就會迎來失時與失勢——不知道什麼時候要食粿，粿文化消失，民俗節慶也將從此索然失味。

所以我還是連年乞龜，也憑記憶中阿媽的手路，試著自己炊粿。

三

聽朋友們回顧童年流行過的零食，那些請明星代言，占據傍晚五點卡通廣告時段的糖果餅乾洋芋片，我幾乎都沒什麼印象，我們家的甜點就是草仔粿、紅龜粿、肪片龜、紅牽紅圓、寸棗生仁冬瓜糖，就連牛舌餅花生糖牛粒香蕉飴，也都是拜過的供品。假使供品真的蘊存著某種神力，那每年按斤食粿食糕餅的我，可能已經成了某種粿精、米糕精，或者壽桃精。每次拜拜，我跟弟弟覬覦著尪格桌頂的各色供饌，到了清明時節或七月半，儼然枵鬼投胎，死死盯著那些傳統糕餅，尤其剛出籠不久溫溫熱熱的草仔粿，整齊地碼放在大理石墓桌上，我跟弟弟的眼神，絲毫不敢稍離半寸，生怕被塚間餓壞了的蟲蟻搶先偷咬。等不及燒化金紙，拿著兩個十元硬幣央求公媽准我們撤供，幸好公媽都是疼孫的，兩個十元硬幣很快就在墓埕的磁磚地上，跳出了一正一反，我跟弟弟也不管粿餡包的是什麼菜脯米、花生、紅豆、鹹綠豆，三把兩口就當著公媽的面，囫圇下肚。

吃下拜過的糕粿，彷彿也吃下了潛藏的神鬼之力，這是一條關於「食平安」的咒語，也是全人類共通的咒，賜福後的供品可以賦予短暫的無敵護甲，酬神的豬公架交由專業屠戶切割整齊，派給爐下弟子；耶穌掰開一片無酵餅對門徒說這是祂的身體；藏傳佛教的薈供品從肉乾到餅乾，分食即獲本尊加持；拜過象鼻財神的各色各樣Modaka，最後都是滿足了信眾們的嘴與胃。

還有《麵包超人》的頭、《桃太郎》的吉備糰子、《大力水手卜派》的罐頭菠菜等等，都是從食物獲得力量的故事。人類對飢餓的警覺不僅是與生俱來的潛能，更是亙古不變的遺傳。

因為愛食粿，國中試著自己炊粿，失敗幾次之後，發現日本有一種和菓子，春天的時候叫「牡丹餅」，秋天就換了個「御萩」的稱呼，也是常見的祭祖供物，而且只要用餡料把蒸熟的糯米包起來就好，比草仔粿簡單許多，於是某年打定主意要幫祖先的清明點心換換口味，照著日文食譜挑戰試作，而且是從熬煮豆餡開始，蒸糯米，捏米糰，完全不仰賴任何半成品。

但即使是用餡料包住糯米糰這麼簡單的動作，還是得全神貫注，細膩地對待每一項食材，才能得到最精巧的成品，領悟到這個道理的我，用細目濾網，幾乎一顆顆、一粒粒地去掉紅豆皮，只為了取出最細緻的豆沙時，竟也漸漸體驗到什麼是毫無旁騖的心流狀態。

好不容易取出半斤純豆沙泥餡，想起卡通《一休和尚》，一休跟力士比賽製作純米糍糊，一休堅持用飯勺子搗壓米粒，一次只碾一粒，慢慢壓出細緻圓潤，質地水潤而富有黏著性的糍糊糰，反觀大力士用金棒狂敲猛舂，只能搥打出一坨粗製濫造不堪用的糍糊半成品。這則故事不僅寓意著慢工才能出細活，同時也是廚藝指南，更是禪修之道，特別是當我後來為了煮洋蔥湯而必須處理巨量的洋蔥；或是在行住坐臥之間試著覺察自我；又或者只是在蒲團上感受呼吸心跳等等，愈來愈習慣從小處、少處一點一點拿捏，反覆機械化的動作讓我看起來像個愚者，進行著沉默而呆板的作業，但只要保持住一念清淨的心，重複最單調的動作，就可以把洋蔥切成完美的細絲；感知風息出入與體內水火的既濟升降；當然也能逃出豆餡跟糯米糰堆疊而成的地獄。

開了兩口瓦斯爐專心應付剩餘的紅豆，大同電鍋噗噗不停蒸著糯米，面對純手工的傳統節慶食物，現代廚房的流水線陷入當機狀態，即便是最先進的系統化廚具，也很難支援糕粿類的大量製作。邊揉邊炒，孤絕單調，而且爐火邊的蒸濡燜熱，讓我懷疑枉死城內應該也有這種刑罰，專門用來懲罰那些把紅龜粿變成糖果餅乾，害粿文化消逝的人。

難怪當年宜蘭老家換了櫻花牌瓦斯爐，務實的阿媽依然不肯把大灶敲掉，因為她每年都有炊粿之必要，而現代化廚具絕對無法應付她的產量。對阿媽來說，只要是農民曆上的大日子，都得炊粿，三月是媽祖跟上帝公的慶生會；四月是王爺公們的重要祭典；或是三個正逢十九的觀音日；五月五、七月半以及其他民俗節慶等等，老磚灶都會架起鋁製大蒸籠，灶跤放滿各種做粿的工具與材料，儼然就是個產粿的小作坊，而我通常都會被分配在流水線末端，只負責歸類跟裝袋。

大日子當天，往往天還沒正式全亮，雞也未啼，家裡早已米香四溢，阿媽整理晾在籤仔上放涼的草仔粿或紅龜粿，每一塊排列整齊的粿都散透著油光水潤，像上了一層層奢華的漆。同樣是為了防止沾黏，日文泛指用米或糯米製成的「餅」不會抹油，而是在外皮裹一層太白粉或黃豆粉等粉類，嬌嫩得像初生嬰兒的皮膚，或新春吐蕊的花瓣。臺灣粿是奪目的亮面釉彩，日本餅則是內斂的消光白瓷。

阿媽順手一蒸，就是我們一口灶都吃不完的粿，但炊這麼多粿，阿媽都是計算過，一部分的粿會送到廟裡給香客吃平安，另一部分則是送去嬸婆姨媽那裡，換他們家炊的芋粿曲或米糕；或是跟在市場做生意的鄰居，換他們家的碗粿跟粽子。農家隨時都能拿出一些接待客人的點心，而且同住在一個庄裡，沒有說好的默契，各家擅長的米麵點心還不太會重複，彷彿有經過專業分工，串起門子就能吃到各色米製品盛宴。

宜蘭的米，多到要變著樣子才吃得完，除了粿，早餐還一定有粥，煮粥的用意是為了銷掉昨晚的剩飯，但剩飯的量其實也是計算過的，必須煮到晚餐的白飯夠吃，明天的白粥夠喝的程度才行。

佛律說粥有十利，而宜蘭人特別展現出其中的「安樂柔軟」，正月歡慶春節的重要活動，就是去各角頭的宮廟喝一碗平安粥，為了讓所有香客都能一同共享這一整年的豐收成果，施粥的時間早早就公告出來，有些人是只喝家裡附近的，有些人則會多跑幾間大廟，喝個夠本，喝到福氣滿滿，像梅花湖的三清宮甚至會端出一葷一素一甜的大陣仗，粥品無限量供應，就是要讓大家食免驚。

後來阿公阿媽搬到芝山，也把這分享的美德，以及春祈秋報的習慣，搬進城市延續下來，就像安溪人讓他們的男神與乞龜民俗遠渡重洋一樣。我們家時不時都會分出一些紅龜粿或米糕糜、芋頭糜給鄰居，而鄰居總是讚嘆我們家很古樸，但我從小如此，竟不曾覺得有什麼特別，直到後來深入研究，才知道這不僅是農人子弟的舊例，也是古中國春秋二祭的遺緒，連帶著周遭曾受到古中國文明影響的國家，都保有類似的風俗，例如韓國有一種揉合艾草汁或梔子花，捏成月牙型的米糰，用鋪滿松葉的籠屜蒸成的「송편」，讀若松片，是韓國中秋祭祖的民族食物；而越南雖然把祭祖活動挪到年末，但從農曆新年到清明之間，都流行吃一種包著甜餡，類似元宵的「Bánh trôi」。我雖不解「trôi」的語源是什麼，但「Bánh」這個字音，顯然是來自客語的「粄」，客家人做粄的功夫，那是無庸置

疑，國際公認的民族絕技，而客家的艾草粄又與江南地區在寒食清明之際吃的青團有著深厚血緣，這幾年青團在中國社群媒體與國風運動的推波助瀾之下，倒是反過來讓春秋二祭的習俗重新被關注，年輕網友穿著國服效仿古人的祭儀，從慎終追遠的角度，漸漸突破無神論不可拜神明的桎梏。

阿媽的清明與重陽，不僅要祭祖，還要炊粿謝天，敬獻香燈花燭，就像呼吸般自然，渴了喝水餓了吃飯，走進廟裡一定是先清香三炷，然後燃放燈焰，離開廟宇前的最後一站，一定是在金亭前，凹折金紙，把心願與焦慮，送與冉冉濃煙，上達天聽。身在沒有大灶的臺北，加以體力漸漸不足，阿媽後來只能妥協，買人家做的現成糕粿，我總認為阿媽的衰落跟她無法親自炊粿存在著某種正相關，東方老派農人的血液裡，流淌著黏稠米漿，在做粿的時候從毛孔泌出，如佛光法水無量遍處，可是當米漿無處可洩時，就會在胸中積鬱成疾。

第三章

萬善同歸

一

我在泉州人的舊領域生活了很久，這兩年終於搬回士林，阿公阿媽最後落腳的地方，當個堂堂正正的漳州人。

已經是坐三望四的年紀了，這是個開始回溯記憶並且認真過日子的年紀，不斷憶起四歲，與阿公阿媽，還有阿祖，四代同堂住在捷運芝山站附近，福華路巷內三層樓透天厝的往事。

我一直想不通他們為什麼會從宜蘭搬來士林，我只記得自從阿媽不再自己進廚房，家裡很久不曾炊粿之後，位於文林路與貴富街口的郭元益，成為她的心頭好，舉凡大小節日，乃至孫女們的嫁娶，她都改用郭元益的糕餅，供桌上頻繁出現的是四季糕、綠豆餅、小月餅，還有西式的古早海綿蛋糕。

可能是因為糯米不好消化而改用糕餅，也可能是因為郭元益是在地的百年老字號，阿媽不曾特別解釋她鍾情郭元益的理由，整個家族也沒有人去深究阿媽的轉變，直到這兩年我走進士林與社子地區的廟會現場，看到郭元益三個大字經常出現在敬獻酬神物資的芳名冊上；郭元益曾擔任郭姓始祖汾陽忠武王洲尾大角士林角的爐主；芝山巖中元普渡施放水燈頭的時候，郭元益也跟各級政府單位、士林區四角頭各里的水燈頭並列在一起，我才驚覺，原來我的阿媽是「用消費改變世界」的先驅力行者，她支持郭元益的理由，不僅是因為跟郭元益同鄉，更因為他們是重視傳統民俗的糕餅業者，這樣她的每一筆糕餅消費金額，郭元益最終都會幫她捐進在地漳州人的廟宇。

根據祖譜記載，我們的開臺祖跟著吳沙的船隊從滬尾上岸，中間曾因故短暫停留過八芝蘭，之後才去三貂嶺找吳沙等人會合。入蘭之後，吳沙定居頭城，我們的開臺祖則繼續前進，深入至內員山大湖地區。阿公阿媽或許是想住回祖先曾落腳的地方，走出大湖祖厝見證八十佃戶漳州人鬥走噶瑪蘭族的歷史，在士林買下透天厝，見證八芝蘭漳洲人被泉州人逼入芝山巖絕地的往事，以一種望鄉的形式終老。

士林、松山、板橋、基隆都曾是漳州人聚集的地頭，郭元益餅店在士林舊街發跡的時候，士林地區的漳泉械鬥剛結束沒多久，困守在芝山巖惠濟宮的漳州人，終於下山重建被燒毀的舊街與神農宮；同時也擘畫出井字型的新街，將文林路的天后宮移至現址重建為芝蘭宮，即今日的慈諴宮。士林新街就是現在的士林夜市，從大東西南北路，以及小東西南北街，可以看出當年的漳州人，是如何打造北臺灣第一個有都市計畫概念的市街，除了重建漳州人在北臺灣的基業，還得在基隆河畔搭蓋防禦工事，防守著隨時可能捲土重來的泉州人。

一點點小火苗，就足以燒毀整個街庄，當年攻進八芝蘭的泉州人，放了一把惡火，燃燒面積包括外雙溪南側的士林舊佳里前街、後街、文林路等區域，以及北側德行里的福國路、福華路，光看這個面積，很難想像漳州人當年究竟是用什麼方式死守芝山巖，靠什麼補給，又是從哪個地方反攻，還得運用什麼神奇的戰術，才能擊退為數眾多的泉州人。

我常常覺得臺灣的「械鬥年代」不但應該拍成歷史長劇，更值得收錄到《世紀帝國》的知名史詩戰役清單裡，讓玩家好好體驗一下先民的械鬥現場，並想辦法從中生存下來。

所以芝山巖除了惠濟宮的開漳聖王，另一個很重要的祭祀場所就是收埋了械鬥先民的大墓公。清代治臺兩百年間，年年都有不同規模的械鬥，理由各不相同，以至於各地都有「老大公」或「大墓公」、「義勇公」的信仰。

臺北人可能也不知道，原來臺北市內有這麼多所謂的陰祠，回士林的頭一年，就跟著芝山巖惠濟宮中元祭祀「大墓公」的活動，自告奮勇，隨香搭乘小巴士，去祭拜七座與八芝蘭地區息息相關的墳塋。

相較於老大公的開龕門儀式，芝山巖會在七月初一這天，把集體收埋械鬥死者的同歸所及萬善堂墓門打開，稟告「大墓公」，請祂們出來接受大家的供養。墳中不僅有漳有泉，甚至還有一九四九之後來臺的軍人，歷年來在士林北投地區開闢道路與修建學校等公共設施而遷葬的無主孤墳，都分散葬在由惠濟宮祭祀的七處墓所裡，充分展現出「萬善同歸」的精神。

每到一座萬善堂前，除了跟著大家一起上香祭拜之外，我也順手幫這些前輩們建立Google地圖的打卡點，歷年來都沒有人設置打卡點，以至於大家對於萬善堂的正確位置難免會有點記憶模糊，尤其是當小巴要開往最遠的內雙溪香對萬善堂時，還一度繞去遠路。

靈異節目或鬼故事常常把有應公、水流媽、萬善堂、百姓公等陰祠形容得繪聲繪影，故事的結構都差不多，就是拜了之後沒有還願然後遭到各種報應的老舊套路；而靈異探險類的YouTuber也常常大半夜跑去吵這些前輩們休息，甚至有那種看上去就是很外行，只是喜歡裝神弄鬼的假靈能力者，拿著代表法主公的金鞭聖者去萬善堂前揮鞭驅邪。

我雖然跟神明鬧叛逆，鬧了好一段時間，但我的心底其實不曾質疑過這些超自然存在的可能。更務實一點地說，我認為這些有應公、水流媽、萬善堂、百姓公，何嘗不是未來的我們——男同性戀如果後嗣無人，又不能像電影那樣找到一個許光漢來冥婚，那按民間的傳統習俗應該也只有萬善堂可以接納我們。

又或者，我們怎麼知道，明天跟無常誰會先來敲門，少年若無一擺聽，路邊哪有有應公，山道猴子的最終歸宿，必定也是萬善堂。

但我也不只跟神明鬧叛逆，連填寫高中志願的時候都要繼續與世界作對，故意把單程通勤就超過一小時的基隆高中放在第一順位，作為一種離家演習，一邊等待我的前額葉長齊，也等待父母盡早認知成鳥離巢是必然事實，每天離家超過十小時，讓雙方都有冷靜的餘地。當然我也必須承認，更深層的想法，就是我偷偷期待著BL漫畫裡面，充滿彩虹泡泡的男子高校生活，可以在基隆高中如願成真。

但我實在是錯估了二〇〇二年的臺灣，距離同志友善還很遙遠，那是個兩年前葉永鋕才剛過世，第一屆同志大遊行還要明年才會正式開走的時代，而終於等到《性別平等教育法》正式頒布實施的時候，我早已經升上大學，實踐我的公民參與，跟朋友參加同志大遊行，走上街頭，舉著標語，跟反對同志的人進行辯論乃至於叫陣對罵。

後面這些如果可以發生在高中的入學始業式之前就好了，禮堂集會結束後的那場霸凌劇碼說不定就不會上演。隔壁班一位舉止比較嬌弱的同學，被一群學長按著肩膀，押到廁所去談話，這還只是開學第一天，我不知道他們之間有什麼宿怨，但我看得出那位嬌弱的同學已經緊張到快要掉眼淚了，我擔憂這種爛事未來發生在我身上，我也不曉得接下來要如何面對這「一海」從未接受過性平教育的異性戀高中男生？在他們眼中，就讀男校的男同志就是變態、想要肛他們的性侵預備犯，每個異男都很喜歡摀著自己的屁股對男同志說：不要碰我喔，我怕被你們肛。

怕被同志肛，或許是因為有被肛的慾望使然，直男原來內建零號基因。

始業式的事件幸好有人通報教官跟老師，暫時落幕，學長也被抓去輔導室重新教育，但我當天就決定要潛入地裡，妥妥地當好當滿整整三年的假異性戀。反正前面已經當了十多年，而且演技很好都沒人察覺，還有親戚要幫我介紹女朋友，那我也就不差再扮三年。

很快就搭上一群跟我一樣愛玩《世紀帝國》的異男同學，放學搭車到基隆市區，泡在網咖裡廝殺。推開遼闊地圖，他們模擬大人的軍事用語，操兵帶隊，攻城掠地，研究不同種族的科技加乘。中國人的連弩對上日本武士的勝率，不太符合晚明清初倭寇海賊在華南地區肆虐的結果；西班牙的宗教法庭跟艦隊也沒有像歷史上那般無敵，居然還被阿茲特克的豹頭戰士巴假的。

遊戲終歸是遊戲，不必然要與歷史百分之百相符，更無須回應現實，就像城鎮中心的村民也只有男性跟女性兩種性別，而軍事單位生產出來的士兵都是男性，《世紀帝國》的性別觀念落後到值得成為政治正確論述者的攻擊目標，但依然無法抹滅它成為經典遊戲的價值。我則是想辦法在遊戲過程尋找惡趣味，例如用「一海」廉價的長槍兵，戳倒異男同學傾近國庫才生產出來，好大喜功虛有其表的精銳戰象或游俠，就很有肛壞異男的快感。

「一海」是玩家研發的單位量詞，當軍事單位生產出大量兵種，就會在地圖上形成戟兵海、弓兵海、騎兵海、雙劍勇士海、戰象海的畫面，滑鼠游標牽動著那「一海」往前，然後推倒「一海」，或者被「一海」推倒。

調兵遣將已經是得心應手，但我的確不知道男同志如何在《世紀帝國》裡找到共鳴，畢竟前線陣地根本不需要服裝、建築、音樂、時尚、美術、影視娛樂的科技加乘，會把國防預算用在聘請服裝廠牌Hugo Boss設計軍裝的，也只有阿道夫．希特勒這個疑似有雙性戀傾向的傢伙了。戰爭後期，希特勒經常躲藏在暱稱狼穴的地道裡，躲藏對他來說是很容易的事情，就學期間他遭到很嚴重的霸凌，從此就把自己隱藏起來，用狂熱的民族思想包裝卑弱的自我。我不是說每個被霸凌的男同志都可能是納粹預備犯，而是各個班級都能認得出同我族類，但我們都選擇隱身，對敵意隱身，也對自己人隱身，不願輕易表達想法的那種狀態，至少跟小阿道夫是一樣的。

同性戀就是連打個電動都會這麼勢操煩的族群。當最後一個村民倒下，眼看繁華的文明中斷了，對著電腦螢幕興起一陣大江東去浪淘盡的感慨，久久不能釋懷。我用暫時逃離臺北的家來迴避自己的叛逆期，天高基隆遠，有很多理由可以晚回家，跟同學吃晚飯、打網咖、一起逛街，但更多時候只是獨自搭車去基隆散心，佇立田寮河邊，聽著流水淘淘，慢慢安撫自己躁動的靈魂。

沒有研究數據顯示，但《世紀帝國》的即時殺戮，可能多少也抑制了政治狂人的誕生。淨空法師說打電玩也算殺生，我本不以為然，直到我開始思考那「一海」倒下去的士兵可能是人家的兒子、父親、兄弟、丈夫，他們有珍愛的人，有自己的故事，因為我們開啟了這場黑森林八人地圖的戰役，他們不得不扛起武裝，奔赴沙場犧牲性命。都是被我們推上去的。大歷史敘事下的人類，就是一種消耗品，人海，肉牆，萬骨枯，後來推出《神話世紀》，玩家更從君權神授直接晉升為萬能天神，天地不仁，佳兵不祥，萬物都成了可割可棄的草紮小廢物。反人類的歷史戰役，在我們選的地圖重演，美好的田舍遭到焚毀，精心規畫的城市被鐵蹄蹂躪，村人與軍隊展開地圖上的流亡，《世紀帝國》更像是一種要讓沒經歷過戰火的世代體驗戰爭的遊戲。我們曾經跑過一種玩法，約好永遠不要生產軍隊，永遠不要出兵。開檯三個小時都在忙著設計怎麼種田才可以獲得最高效益，還有怎麼把民宅跟城堡區隔開來，做出城下町，分出商業區跟住宅區。雖然少了血脈賁張的戰爭場面，但是「一海」的麥濤稻浪，實現了天下大同的境界。

那樣的玩法雖然僅只一次，但我們都體驗到和平的珍貴。尤其某個王八蛋一直想用村民偷拆人家的磨坊，最後被我們聯合制裁，才稍稍收斂他的野心。

我們喜歡約在吉祥大樓的網咖，老師跟教官都嚴格禁止學生進去吉祥大樓，但是那裡曾經是網咖設備最好、網速最順暢的地方，儘管菸霧瀰漫，但那裡就是連線《世紀帝國》的最佳戰場。我們這一群走在基隆街頭超級顯眼的藍制服，熟練地搭電梯上樓，保持自然的態度，閃避所有成年人的注目，從容而迅速地走進網咖。大人阻止我們去吉祥大樓是有理由的，裡頭龍蛇混雜，也是黑道幫派的戰場，不小心按錯電鈴可能都會打擾到大哥喬事情，而正對面的空地，現在蓋了東岸商場，以前就是大哥派小弟去喬事情的地方，在地基隆人稱呼那裡是天空競技場。基隆人的喬法就是先幹一架，混戰猶如《世紀帝國》的畫面，長槍兵拿的是棒球棍，裝甲步兵拿的是西瓜刀，才剛脫離黑暗時代，只來得及生產這兩種廉價的弱勢兵種，實際打起來，血花飛濺的程度依然令人怵目驚心。

我一度懷疑蓋東岸商場的真正用意其實是要封印天空競技場，安撫當地的亡魂，就像每年最盛大的雞籠中元祭，為了祭祀因為漳泉械鬥而身故的「老大公」而誕生。對，寫到這裡我自己也驚覺，只是為了青春期的叛逆，我竟然在毫不知情的國三時代，亂填志願，結果跑進漳州先祖們的懷抱。

準確一點的年分是一八五三年，「咸豐三，講到今」，現今南榮公墓，也就是基隆高中正對面的基隆河北岸，發生了一場死亡逾百人的慘烈決鬥。定居基隆的漳州人，以奠濟宮為精神指標，打算偷襲從南邊山區丘陵地長驅直入，供奉尪公的安溪人，以杜絕基隆港區發展的後患。咸豐三年可能是安溪人最不好過的一年，艋舺的清水祖師廟被三邑人放火燒掉，又被供奉開漳聖王的基隆漳州人偷襲，雖然這一戰把漳州人打退了，但從此也留下了「尪公無過嶺」的遺憾，漳州人終究守住魴頂與獅球嶺的戰線，安溪人無法進入日益繁榮的基隆港區，只能繼續窩在暖暖的山區。

二

每次讀到漳州人在北臺灣奮鬥的血淚史，就會想到這裡面不但有自己祖先的跤跡，也有安溪男神們的蹤影，我的祖先曾經與祂們互為仇敵啊，但我在安溪男神的轄境裡，處處都能感受到安溪男神們對我的庇佑照顧，只能說這些男神真的是大肚大量。

跟士林的絕地大反攻不同，基隆械鬥最後是靠地方有力人士出面調停，才平息戰火，並將這些死者不分漳泉，埋在現今基隆車站南側，靠近公園街與忠三路、孝三路一帶，同受香火，尊稱為「老大公」。後來日本人將這裡闢為高砂公園，靈骨遷移，老大公改祀在現今的位置；戰後公園又變成民宅區，最後只留下一條看不見公園的公園街。

幾番流轉，老大公現在是基隆的夏日觀光推手，而以前更是引領械鬥熱潮的先驅，在基隆發生械鬥的前兩年，正是霧峰與草屯兩個林家同宗操戈；同一年是北部最著名的頂下郊拚；而這械鬥十年間的最高潮，就是收在一八五九年士林漳泉械鬥，靠著芝山巖的石製隘門，在糧水運送艱難的情況下苦守，而勉強保全了宗族的存續至今。

整張大臺北地圖都有你我先祖逃跑的痕跡，雖然可恥但超級有用，《世紀帝國》最後一隊村民如果能找到黑森林中的一塊淨土，築起土堡城牆，就能偏安一隅，然後日益發展成新的文明。而且逃跑也不一定是壞事，有時候看似被趕到絕處，但處處都能逢生，除了我的祖先們，還有頂下郊拚被趕跑的同安人。

供奉霞海城隍的同安人，先是逃去大龍峒，後又轉進奎母卒社，等待他們的是一整片尚未開發的荒原，還有語言不同不知道能不能合作的平埔族，渡臺後的所有商貿活動被迫全部從零開始，而且還得不斷提防三邑人的追擊，或是我們漳州人的見縫插針。對同安人來說，一八五三，真的是絕體絕命的一年。

而這層層疊疊複雜的恩怨，如泥沙積累在淡水河道，艋舺終於迎來了無法通行商船的困境，再凶悍的三邑人也得面對繁華隨著潮水逐日往遠方退去，而船運的便利順風順水來到了位於下游的奎母卒社，當年的喪家敗犬同安人占得地利，享盡了鴉片戰爭後淡水開埠的紅利，與外商進行各種茶葉、米糖、樟腦的貿易，當年頂郊跟下郊的交易量，如今看來根本只是不必放在心底眼裡的小生意。以前被三邑人阻撓，現在從下游就攔截外國人的商船，奎母卒成了奎府聚，同安人報仇，五年不晚，大稻埕成為臺北超級商業區，也是國際級港都，原本四處落魄逃難的霞海城隍，現在是稻江八大軒社的精神領袖，城隍爺的暗訪日是五月十三，傳說中的人看人，拜日本時代火車全島通車之賜，規模更勝「艋舺大拜拜」，很多人都會相約這天來臺北看鬧熱，其盛行程度甚至還有專屬的流行歌主題曲〈臺北迎城隍〉傳唱。

以前喜歡聽方瑞娥唱這首歌，後來研究日本演歌，才知道這首歌原曲來自島倉千代子的〈祭の夜は〉，日本原曲的風格稍微偏淒清灰暗，竟有點神似當年囂張後來落魄的三邑人心境，祭典結束的夜裡，愁風悽慘撫過無船停攏的港岸，彷彿能看見被趕走的同安人在大稻埕那個方向，燃起了勝利的花火。

開始聽演歌是在國中的時候，那年小林幸子幫《神奇寶貝》也就是現在官方正名的《寶可夢》獻唱第一部電影主題曲，全校男生幾乎都在瘋玩Game Boy掌機，召喚自己的愛寵神獸，交換對戰樂此不疲，而教我認五十音的無疑就是皮卡丘，對應著「ピカチュウ」的發音而學會「ピ」等於Pi，「カ」就是ka，而「チュウ」的結構看似稍難，但總之合起來就是chu；教我唱歌的則是小林幸子，在她真假音切換自如的歌聲裡，聽見了類似阿媽常常在房內淺吟慢哼的聲腔，於是買了人生中第一張日本演歌專輯，小林幸子的《泣かせ雨》。也是那年的紅白，認識了美川憲一、八代亞紀、石川小百合（石川さゆり）等歌手，世紀末的紅白歌合戰，第五十一回，小林幸子變裝為巨傘形態，美川憲一則是站在舞龍頭頂，魔幻登場。

從此立定志向，以成為演歌手為目標，自學日文，自學歌唱，搜起腦海中阿媽哼的原來都是美空雲雀（美空ひばり）的歌，當年來不及跟她學唱歌，但幸好有留下了她自錄的卡帶，在裡面又聽見了市丸、松山惠子、水前寺清子、島倉千代子等歌手的名曲。

跟所有流行歌一樣，演歌的主題也是以愛情為大宗，但演歌更擅長描寫發生在碼頭、車站、渡輪、觀光勝地、溫泉鄉、都會鬧區等具有明確空間的愛情，高中三年搭早班平快

車通勤的日子，伴在耳旁的都是跟咻咻啵啵火車欲起行的那種歌，什麼〈女の駅〉、〈さよなら列車〉、〈一番列車の女〉；傍晚放學到基隆街頭閒逛的時候，走在那頂舒淇也走過的中山陸橋雨棚下，聽著〈おんなの港町〉或〈未練の波止場〉、〈おんなの出船〉。

而我也是這樣才發現，耳朵對音樂的貪求，不亞於口腹對美食的奢盼，像打通了一條通往日本音樂的管路，追溯到古代的雅樂，中世的能劇，近代的各種俗曲民謠，意外聽到了「長編歌謠浪曲」這種以歌頌古代歷史名人或經典戰役的樂種，既是演歌的聲腔，又有浪曲說唱的技巧，歌手三波春夫是其中的翹楚，他那套精美盒裝的《平家物語》把演歌昇華到傳統藝術的層次，也在我心中埋下了：「總有一天我也要把臺灣械鬥歷史寫成這種大部頭專輯」的野心。

但在那之前，我還是得先向微軟喊話，拜託《世紀帝國》一定要出臺灣人，而且請一定要讓他們內建客家語音。我家祖先當年一路往內員山推進，卻始終打不贏噶瑪蘭人，最後是拜託當地的客家人幫忙，才順利進入大湖底這片田地開枝散葉，就戰力來說，客家人應該是全臺第一當之無愧，無論在北部或南部的客家人，完全不必期待外地人的幫忙，自己組織鄉勇就可以跟戰力甚強的噶瑪蘭或馬卡道的平埔族戰成五五波。也難怪乙未年間日軍登陸後，客家人會成為抗日主力軍。

歷史課本總是說，客家人的人數不多，打不贏人口眾多的福建人，所以才往山區發展。但真相應該跟安溪人一樣，客家人只是找到了適合他們居住的環境，找到了他們的鄉愁。我不知道現在更正了沒，但身為漳州人的後代，我認為至少要補充說明，客家人專打福建人，而且比福建人更懂作戰，還更團結。例如沿著高屏溪跟東港溪組成防禦陣線的六堆，不但共享水源地，也成功打跑朱一貴，截斷了福建人往南邊的擴張。

我思考著福建人輸給客家人的原因，可能就是因為福建人太容易械鬥，而且常常是為了極其無聊的小事情起內鬨。例如宜蘭人、基隆人、彰化人都曾經因為Spotify的最愛歌單不一樣而向對方提出對決的邀請，掀起北管械鬥軒園咬。

俗話說看戲看亂彈，北管作為早期的主流熱門音樂，舉凡迎神賽會、婚喪喜慶、戲劇表演，任何需要音樂的場合，一定都是請北管，而這些本土重金屬樂的樂師們，作風也很搖滾，軒社園堂之間如果有交陪，有時候分文不取，以示對祖師爺的敬重，表示自己學北管不是為了物質的享受，只是替祖師爺打工，傳承技藝。如果平素沒有交陪，那不管是名氣多大的宮廟，開再高的價碼都不一定會出陣。

底氣跟脾氣都很硬的北管，在械鬥的時候主要分成兩派，一邊是拉京胡的西皮派，另一邊則是拉殼仔弦的福祿派。除了擦弦樂器不同，鼓介曲譜都不同，而各派的每位先生各自傳授內容也不一樣，戲碼不一樣，連樂器的演奏方式都巧妙不同，以口傳心授的方式教學，漸漸開始發生有人學藝不精，或是有人暗藏一手，或是有人喜歡批評誰家荒腔，哪場走板，嫌隙日久而生，兩邊就抄傢伙械鬥了。

蔡慶濤記載了基隆的西皮得意堂跟福祿聚樂社大亂鬥：「彼此設警譏諷，互相瑕疵……小則爭鋒構怨，大則拳棒交攻，人命殺傷，時有所聞。」

白話來說就是有人喜歡到處踢館。

某人可能說了句：「你拉的那個高音Do也太難聽了吧還走音你老師是誰啊？」或是：「迎媽祖當然是我們在前面，先來後到，而且你們唱那種外江的鬼才聽得懂啦！」

然後兩派囝子弟就開打了，物理的音樂Battle，完全不留情面簡直把「老大公」好不容易平息的漳泉情結重新挑起，當一海一海的漳洲人跟泉州人拿著各自的武器和農具相搏時，西皮派跟福祿派壓在大後方，負責奏軍樂唱楚歌，吟遊詩人戰隊負責騷擾人心。連日本政府也被他們打得很頭疼，最後只好沒收他們的樂器旗幟，強制把超過六十團的北管軒社進行分組，並且在慶安宮媽祖的見證之下，上演世紀大和解，提倡「拚陣頭代替打破頭」的方式，才漸漸化解兩派爭執。

我喜歡在半夜的時候聽北管〈陰調〉，而且一定要前面福祿〈陰調〉後面接西皮〈陰調〉，這種代表鬼魂出場或角色精神陷入癲狂的曲子，最能聽出演員歌者的「聲情」，也很適合在農曆七月的時候，憑弔北管前輩，告訴他們，多年以後，北管弟子大團結，現在都把打架的力氣，齊心用在保存傳承北管音樂。

緬懷歷史先賢，帶著感恩的情緒，聽遠處依稀難辨但悠悠的嗩吶聲漸行漸遠，放水燈的時候，看著燃起的水燈頭在波光裡搖曳，彷彿過臺灣的唐山船舫又回來了，這些橫渡黑水溝的壯丁，九死一生來到臺灣，正值大好青春。不曉得他們是否會懷念起那個雖然吃不飽，不斷想逃離，但是沒有戰爭的故鄉？

我不禁想，大墓公裡面應該也會有男同性戀吧？過黑水溝的時候一定有那種「執子之手，與子偕老」的軍旅同袍基情，閩地自古好南風，是契兄滿街跑著找面貌姣好的契弟打性愛合約？還是潛藏在心裡，偽裝成三十而立的好青年？祂們會在渡海的船上認出彼此嗎？

不知道，或許等將來百年後，我也進去萬善堂裡的時候，再來好好採訪一下祂們。

第四章　阿叔

一

家族裡的阿叔沒有子嗣，但現在還有我們在祭拜，所以暫時不用擔心被送進萬善堂。芝山那棟透天厝後來賣掉了，也是因為阿叔的事情。每次經過芝山站的時候都覺得很可惜，如果能撐到捷運完工通車，即便是被法拍，價格也不至於這麼難看只有六百萬。

我常常說自己家道中落，從阿祖那輩開始算數，除了那棟捷運步行五分鐘的靜巷透天厝，還丟掉了半座成衣廠、半座醬油廠、一間位於蘇澳冷泉的旅館、幾甲看不見邊際的田地，以及半座山坡林地。後來在同輩之間也聽到很多這樣的案例，從他們手中溜走的更有百貨公司股份、至少半棟正東區的金融大樓、貨櫃航運相關的企業經營權等等，更令我羨慕的是，有朋友家裡被族人鬥掉了角頭大廟的經營管理權，而最富鄉野奇譚色彩的就是我聽過至少不只一位朋友，他們都曾經是那種從家裡走到車站都不用經過別人家土地的超級大戶，如果回推到日本時代應該是有勳等、領過旭日章的那種層級。

每個家族中落的起點不一樣，完整經驗過雲端上的優渥生活才摔落人間的，那個疼痛感也有差，聽完朋友們的敘述，暗自慶幸我來不及享用祖公仔屎，跟有些人是整塊捷運預定地都被賤賣相比，我大概只是透天三樓摔一樓，挫傷帶點小骨折，很快就可以再振作爬起來，拍拍灰塵邁步向前走，下雨天就努力往前跑的窮孩子。

而真實感受到中落，則是成年之後透過味覺的記憶，慢慢比對出來的。還不知道如何計算家族財產的時候，至少懂得用食物等級來衡量家景狀況，雖然不夠嚴謹，但畢竟具備第一手的參考價值。住在透天厝的時候，都是母親掌廚，照養一家四代同堂，外加阿叔跟他女朋友，八口人的菜錢不是小數目，叔伯雖然有按月貼補，要能維持五菜一湯，有菜有魚，就算是老練的職業家庭主婦也需要高超的預算編審能力。

所以母親也學會很多醃製食品的再利用，要調和一家子八張嘴，總需要提味增鮮的幫手，才能在有限的預算裡翻新菜色。除了老醬園現成的蔭瓜豆豉，廚房牆上總是吊著一袋阿根廷魷魚乾，而我就是那個一邊幫忙把每一片菜葉洗得乾淨透亮，一邊在想什麼時候可以再吃一片烤魷魚乾的饞貓。對於懂吃魚皮魚肚腸的討海民族來說，生吃若有夠，才會當曝乾，魚乾是豐收的象徵，充分活用就可以增添菜餚與湯品的鮮味。

魷魚乾是客家小炒不可或缺，也是螺肉蒜的重要配角，更是粽子與油飯中的驚喜彩蛋，隨手掰兩節來入菜，即是臺灣料理的神髓，地位如同日式料理的柴魚一樣重要。同為乾貨，跟干貝蚵乾不同，魷魚乾還可以單吃，例如在慈誠宮廟口夜市擺攤做生意的阿叔晚歸，看大家都熟睡了，偷偷溜進廚房，剪一小根魷魚鬚腳，輕輕旋開瓦斯爐，就著青焰現烤配台啤。有時候烤得太香，整屋子人像一窩被弄醒的貓，凌晨一點，餐桌擺開小宴，冰箱拿出早上吃剩的泔糜，加入晚餐的剩飯又滾過一輪，數枚淺碟裝著酸筍豆腐乳，鹹蛋紅豆枝，母親還快手煎了一人一隻荷包蛋，嫩蛋白妝點純釀蔭油膏，像山水畫一樣。

隨時都可以擺席，這樣聽來我們家算是小康，而且偶爾還能跟著懂吃的阿媽去欣葉、美觀園、雞家莊，過一下小少爺的癮，接受日式訓練的服務人員見到阿媽，都會很好禮地帶她去廂座用餐，敬為上賓款待，連經理也常常來「あいさつ」。阿媽的整潔印象與她的嚴肅威厲可能是一體兩面，對外的她端莊多禮，講話溫巧，對內卻挑剔得簡直到了尖酸刻薄的程度——這是我媽的原話，親自奉待婆婆的媳婦一定有我們旁人不知道的苦衷。

阿媽每天起床，第一件事一定是先在房內梳洗乾淨，所以我媽得早早準備一盆洗臉水，像古早丫鬟益春伺候五娘梳妝那樣，把溫熱的水端進她房內。當她走出房門，短版旗袍或西式套裝穿戴整齊，頭髮也篦得一絲不苟，即便她今天的行程只有待在家裡看電視播的楊麗花歌仔戲。她是日本時代的看護婦小姐，也是林阿舍的妻子，所以她盡力維持形象，不容露出任何家教不良的破綻。

直到某次貧血倒臥房門口，打翻了那盆洗臉水，我媽當場腎上腺素爆發，揹著她跑到巷口攔計程車去掛急診，診斷出她其實早就罹患了帕金森氏症，阿媽維持了一輩子的形象，就此開始崩塌。也不知道她是用什麼樣的意志力抗衡，醫生診斷了她的腦部狀態，研判至少發作超過一年，但在這之前我們完全看不出她有任何異狀。那是我第一次看到她只穿著白色汗衫跟棉長褲，走出家裡大門，對她來說，那簡直是不可原諒的庸劣惡行。

在那之後，就再也沒機會跟阿媽一起出門了。她開始長期臥床，神識恍惚，母親一邊還是得操持家務，所以經常要請專業看護來家裡幫忙。

但我的童年依然繼續發揮金孫之力，緊接著換手讓見過世面的輪機長天津籍外公跟山東籍外婆，帶我去西門町吃一條龍，去中山區吃天廚。趁阿媽委託給看護的空檔，母親也難得有機會出門，帶我去當時在天母開業的京兆尹，聽現場相聲，見識一下北京宮廷的仿膳風味。味蕾都還沒發育完全就吃遍了本地與外江，不小心把我的胃口慣壞了，現在連喝到工廠生產線的豆漿都能馬上察覺。雖然我還是什麼都吃，但粗製濫造的食物通常沒有第二次機會。

而小我五歲的弟弟剛好什麼都沒體驗到，呱呱墜地的時候我們已經舉家搬離透天厝，搬到福林橋下的公寓。他是從地平面開始，落土八字命，完全沒感受到有什麼中落，甚至連阿公阿媽長什麼樣子都沒印象。

新搬的公寓緊傍著福林橋，這種區域的房價跟租金通常都相對低廉，轉角有一間日本料理店，參考大阪螃蟹道樂，掛著帝王蟹模型，這害我在二十年後初次踏上日本，看到人家本場真正的活動螃蟹模型時，感動與激動遠遠不如同行的友人們。這麼說或許有點讓人惱怒，但就像某次和一群熱愛文學與寫作的朋友們，齊聚享用廚家自稱的正統老臺菜宴席時，我幾乎是毫無激情地聽著他們對每道菜的盛讚與驚訝。文化界人士大概都吃過我說的這桌老臺菜，嚴格來說菜色風味的確不俗，而且仝款無仝師傅，每個廚子對食材的拿捏還是稍有差異，都非常值得多方品味，但是像豬肝炸與蝦棗這種粫路，在我們家只能算得上是半點，而我阿祖也留有醉豬心跟灌香腸的百年家傳食譜，至於口感酥脆像洋芋片零嘴的香酥鴨，還沒被川浙菜染指的傳統酢醋大蝦，或是入口即化不費唇齒的滷豬腳，那都是阿媽擅長的手路菜，她可以穿著旗袍整出這些好料，而且她也把這個手藝傳給我媽。那晚的菜色，在我們家尋常一年三節，從供桌到飯桌都能看得到，實在不足為奇。

想想也對，我阿公在員山被人叫阿舍，他的金孫我貴本人，每天吃的本來就是阿舍家的飯菜，當甚具巧思又費工夫的臺菜大宴擺在我面前時，只是更讓我想到小時候被阿公牽去大湖散步，走過田野間的小路，低頭辛勤勞動的農人看到他，都會連忙放下手邊工作向他打招呼的那段舊日時光。

福林橋的居住時間極短，大概就是一紙定型化契約的租期，但這似乎開啟了我的某個開關，往後的擇居風格幾乎都是水邊橋下，像《令人討厭的松子的一生》的川尻松子離家出走，來到東京，也是選了跟家鄉筑後川很像的荒川河岸定居，每日望著河水淘淘，淺聲低吟著讓自己也感動很久的曲子。松子選唱她擔任教師時的兒歌，我的話應該就是美空ひばり的〈哀愁出船〉。某次聽見阿媽獨自在臥室裡哼的旋律，她哼得很輕快，不太像原曲那麼哀戚，因為哼著哼著不經意地輕吐了歌詞，我才有辦法從她的遺物錄音帶裡聽出線索。而她哼歌那天，就是阿公的尾七，已經沒有多少經濟資本的龐大家族，為了維持阿舍最後的風光，繁重喪事堅持辦好辦滿，做足七個七的最後一日。

歌詞應該是淒切哀婉，但是阿媽的聲音不知道為什麼聽起來有點歡愉。她的哀愁出船，好像變成快樂的出帆。

也是為了要幫阿公辦喪事，我們家找到一位通靈老師。她姓劉，跟一般的命理師不一樣，沒有價碼，也不包辦法事，如果打電話跟她預約說要算命，會被她嚴厲糾正，甚至直接掛上電話。我到現在都還能默記她家電話號碼，因為她的確展現出相當不凡的能力，也幫我們家解決了很多問題，阿公過世後，我們想問看看葬儀社的法事有沒有辦妥，或是阿公有沒有跟著佛祖去修行等常見的麻瓜問題，但不問還好，一問，竟問出了整個家族都不願面對的黑歷史。

我們不曾告訴她關於宜蘭員山林家的任何過往，因為我們其實也不太清楚以前發生過的故事。她主要的占卜道具是龜殼跟銅錢卦，當母親搖完六次銅錢，占出卦象爻辭，她一開口的卻不是說阿公的事情，而是說我們家曾經夭折過兩個男丁，指明是我父叔那輩的，甚至鐵口直斷，說我們家的男丁往後還會遇到很多麻煩。

「沒辦法，欠人家太多了。」她看著速記卦象的簿子喃喃著，那是銀行或公務機關每年都會寄送的年曆筆記本，後來幾次找她問事情，她都是用這種本子來抄錄卦象，並根據爻辭給出她的判斷。簿子謄載著每位求問者的窮通機變，與她隔著那張厚重的實木辦公桌，我跟母親一臉茫然無措的樣子，就像初次來地府報到還不知道自己掛點的新手鬼魂一樣。

劉老師也的確沒說錯，我父親排行老三，他底下有三個弟弟，大弟就是跟我們同住在士林夜市擺攤的阿叔，二弟跟最小的小弟，分別在五歲跟三歲的時候就過世了。墓碑上刻著這兩位無緣小叔的名字，儘管閩南人有改名字、拜契子這麼多增加存活率的科技加乘，但農業社會還是很難保住每個孩子。

緊接著，她就開始描述阿公的形貌，說話方式，還有憂愁的神情。從兩位小叔到阿公的事情，全都被她說中了，她甚至連我阿公的遺照都沒見過。

她開始低聲詢問過世的阿公，有沒有什麼放不下的，會不會埋怨敬奉了七十多年，又是請戲又是陣頭又是剖豬公的「姑婆祖」，讓他兩個最小的兒子夭折？問著問著，劉老師自己才問出這個驚人的——我們當時聽到的時候認為是即興編出來的故事，但從結果論來看可能是家道中落的部分真相。

劉老師說，有人請了黑令旗，每天守在我們家門口，專門向男丁討債。

按劉老師的說法，就是每當有男丁要出門的時候，這個領了黑令旗的不知道是誰，就會往男丁的後腦勺猛擊一下。不為取命，只為讓我們男丁運勢耗弱，要讓整個家族緩慢地衰敗凋亡，最後走入倒房的絕境。為了查證這件事情，我們花了很多時間回去詢問長輩，阿媽已經沒辦法正常說話；我們這房的叔公一輩子都在種田，根本不知道家裡發生過什麼事；而另外一房的叔公與嬸婆雖然就住在我們老家隔壁，但真的不知道是哪一輩的誰，去惹到這個請了黑令旗的誰。後來因為住在宜蘭市的另一位姑婆，她那不願明說、欲言又止的態度，已經說明一切，我們也才漸漸相信這個黑令旗的故事可能是真的。阿舍強娶別家的女兒，或是占走人家的田地，苛扣佃農的收成，《戲說台灣》經常上演黑令旗索命的故事原來就發生在我家，就算不是阿公阿祖，至少祖上幾代一定有出過這種地方惡霸。

再不然，也極有可能是械鬥中被我們害死的泉州人或安溪人。

阿公總共生有六男一女，其他房的叔公全部都生女兒。而阿公的後代，除了倒數兩位夭折，跟嫁出去的女兒不算，長子跟次男總共生了六個女兒，只有我爸也就是三子，生了我跟我弟兩個男丁。

但是就這麼剛好，我跟我弟都是Gay。

從結果論來看，員山大湖林家大房這脈，的確是徹底的斷子絕孫。

二

如果你剛才有認真閱讀，並且跟著我一起計算我們家丁口，你會發現我漏算了跟我們同住在芝山透天厝的阿叔。他的夜市生意後來因為大環境改變而收攤，改開計程車，說實在他真的是個很勤奮的人，至少我從沒看他因為是家裡最小的兒子，就廢在家裡啃老，每天都想著怎麼樣才能賺大錢、賺快錢。

那時候開計程車算是很風光的，一個週末晚上跑下來，少說也會有個幾千塊的收入，他會先扣下給車行的錢，再拿兩張深藍色調古典花紋、印有蔣介石頭像的千元大鈔給母親，說是幫大家加菜。所以小叔半夜偷吃的那幾根魷魚鬚，真的是九牛一毛。

有天晚上出車，路過文林路的一處變電箱，不知道為什麼，本來應該上鎖的鐵網柵門，竟然被撬開了，而柵門裡面的變電箱門也被風吹得一晃一晃，他當時心裡只是很單純地想說，這個門如果不關好，之後路過的人會發生危險，於是一股該死的善念催動他把車子停靠路邊黃線，往變電箱走近前去。

本來以為就是隨手關門，扣上U型鎖的小事情，誰曉得變電箱一股強大的吸力，把他整個人拉扯進去，皮膚才剛碰到箱內的錯雜盤線，就爆出了一陣巨響與驚人的火花。變電箱的斜對面就是派出所跟消防局，一聽見爆炸聲，他們循聲趕去，用木棍把阿叔從變電箱裡撥出來。瞬間的雷火交集，在他身上烙下超過五成灼燒，雖然進加護病房保住一命，但他的日子從此再無任何希望。

光是要復健到能下床走路，寫字說話，就花了不知道多少時間，當他可以提筆寫字的時候，第一件事情就是含淚把那個照顧他，照顧到快可以完全康復的女朋友給分了。他不願成為任何人的累贅，自知無法再保護任何人，只好出此下策。

他撐過了五成以上的三級燒燙傷，有很多後遺症要慢慢適應，剛出院想回去開計程車，但關節扭曲變形讓他無法長時間坐著，出車不到一個月，疼痛難耐，只好暫時待業在家，靠保險金撐著，繼續復健。沒有國賠，因為他是自己去碰變電箱的門，律師也很無奈地拿著判決書，在病床邊向他道歉。

一直想賺大錢，成天在外頭找生意的阿叔，人生開始走走停停。

他偶爾會去廟裡，離家最近的是士林媽祖慈諴宮，躺在病床失去意識的時候，聽說阿媽跟女朋友都是來這裡向姑婆祖祈求，庇佑林家子孫。他站在廟埕抽菸，有時候無言地看著殿內的媽祖，有時候回過頭，看著他還沒出事的時候，擺寵物鼠攤的那個位置。那時候好多小孩子會圍著他，看到這麼多活潑的小倉鼠楓葉鼠三線鼠，一起在玻璃缸裡跑來跑去，很惹人愛的樣子，小孩子開心得都瘋了。一對楓葉鼠一百塊，一隻兔子一百五，還可以花五塊錢用抽紅包的方式賭一把，中籤獎品包括活體的兔子、老鼠、迷你雞，小罐可樂及銘謝惠顧。而最陰險的獎品莫過於鼠籠或兔籠，抽到空籠子的小朋友，就會開始央求父母花錢買寵物。跟那些比夜市牛排還便宜的小倉鼠相比，車後斗疊滿了飼料木屑跟空籠子，才是他真正的利潤來源。

賣不掉的小動物得暫時自己養著，起初因為小動物很可愛，常常跟小叔在房裡陪牠們玩，日子一久，小叔的房間，甚至他的周身總是透著一股木屑被尿液浸潤過的腥臊味，我雖然不嫌惡，阿叔卻漸漸疏遠我。不曉得是不是怕他身上有什麼病菌會傳染給我。直到後來我才看懂阿叔的用意，有些畫面並不適合讓我看到。或者他也不想被人看到。

但半夜尿急下樓的時候，我還是看到了，有一窩生了病的老鼠，竟被阿叔一隻一個榔頭，用毫無人道的方式銷毀。難以言喻的惡寒，瞬間徹底從腳跟竄起，差點連廁所都不用去了。我是真的好幾天都不敢靠近他，就怕哪天我生病，也要這樣被銷毀。他也好幾天都不理睬我，後來才說這是規矩，沒辦法，不然老鼠會引發傳染病。

大概是聽說他消沉了太久，以前認識的朋友要約他去泰國散心。

跟家裡拿了一點錢，到曼谷玩了快半個月，起初沒有什麼異狀，直到最後要起飛回臺灣的時候，竟然在曼谷機場被這群朋友栽贓，塞了一包毒品在他的行李箱裡，當場就被泰國警方拘走。為了引渡他回來，為了繳付併科罰金，為了支應他的獄中生活，所以才把家族最後那一點點資產，也就是那棟芝山站的透天厝全都搭進去。

我們沒有埋怨他，甚至更願意相信，他只是那天出車的時候，被拿著黑令旗的那個誰，敲了一悶棍，才落到今天這樣的結局。

為了化解家族的冤仇，也為了祈求阿叔可以早日脫出冤獄，劉老師除了要我們去關渡宮稟告我的乾媽，請祂代為作主，大力襄助阿叔之外，還要我們去拜城中市場的省城隍廟，求城隍老爺做主。

詳細的原因她並沒有明講，什麼時候能化解也不知道，但我們都曉得規矩：天機不可洩漏。我們按劉老師的吩咐，各大廟巡拜完，就在陽臺擺了一桌酒菜，宴請那個拿黑令旗的不知道是誰，並迎請關渡二媽、省城隍、觀世音菩薩、地藏菩薩做主，請冤家手勢擇懸，放過這些無冤無仇，不明就裡的後代。

身為長孫的我，必須按順序從二媽開始摶杯，徵求神明同意，結果前面三尊神明都是直接給三個聖杯，連九杯的勝率讓我信心百倍，摶杯小天王的自覺也是從這一天啟發的。等到準備向地藏菩薩再求三杯時，卻陷入難以用數學概率來理解的詭異狀態。

我和弟弟是林家僅剩的子孫，劉老師說，只能由我們輪流摶杯，摶了將近三個小時，就是沒辦法連續獲得三個聖杯。

我們那個時候就已經搬進淡水的社區大樓了，酒席擺在九樓的陽臺，面向窗外，我開始回憶當年拜觀世音菩薩當契子的時候，很爽快就拿到三個聖杯，但接下來就一直摶無杯，真的讓我們毛骨悚然。

無論在那之前或之後，我們家從來都不曾在廟裡拜過地藏菩薩，或是根本沒有注意到哪間寺廟有供奉地藏菩薩。因為民俗信仰總是誤以為地藏菩薩代表幽冥地獄，象徵死亡，讓人有點避之唯恐不及，最好離得愈遠愈好，坊間甚至還謠傳家裡不能拜地藏，不可以唸誦地藏經，否則會招陰，在我還沒有足夠的佛學知見的時候，也曾被這種錯誤的觀念影響，彷佛華人的死神就是個拿著錫杖的光頭。

第四個小時沒有聖杯了。中間還發生兩次木杯呈現直立不倒的「倚杯」。難道劉老師其實是要透過我們，召喚什麼可怕的魔鬼降臨人間，來遂行她統治世界的計畫？幻想好萊塢套路的驅魔電影，驅魔人其實跟魔鬼打了契約，就像拜了撒旦當契子。拜撒旦就不能用紅圓了，得改用馬卡龍，祭獻少女的酥胸。

桌案的香環燒了剩一半，還是沒杯，我們打電話給劉老師，她也束手無策，唯一的辦法就是請地藏菩薩趕緊賜杯。我們一直把人家當成地獄使者，又不敢親近人家，無怪乎現在祂這麼難溝通。

我又想起了死馬當活馬醫。那時候班上剛好有幾個同學在跳陣頭，硬著頭皮打電話找一個比較熟的來求救。

民俗信仰活動對每個淡水小孩來說毫不陌生，他們都是拜祖師爺公長大的，看著淡水大拜拜，吃著淡水的糕餅，聽著淡水媽的故事長大的，甚至很多人跟我的同學們一樣，從小就隨父兄叔伯一起參加廟會活動，加入陣頭。祖師公聖誕一定要刣豬公，在三芝淡水一帶搬家搬了兩百多年的九庄大道公，聖誕慶典的高潮也在賽豬公，所以當我跟淡水小孩提到我們家也賽過神豬的時候，他們興高采烈地問我各種刣豬公的細節，包括宜蘭人發豬都是唸什麼？請師公還是紅頭仔？大湖怎麼會拜客家人的三山國王？

當時的我哪裡知道這些，我甚至還在躲著我的姑婆祖，對民俗宗教活動也沒有什麼關心。

我還記得那天是打給一位幫祖師爺公出陣頭，同時也是學校跳鼓陣代表隊的同學，當然不可能跟他從頭講起，我就簡單說，家裡有事要求地藏菩薩，但現在求不到桮，不知道該怎麼辦。他聽完我的描述，意味深遠地「嗯」了一個很長很長的沉吟，那根本不屬於他那個年齡的老成態度，應該是跟父兄學的，但我相信有在跳陣頭的他一定可以理解，連續四個小時求不到桮，一定是很大條的代誌。

他跟我要了地址，要我先別求桮，等他一下。

大概過了半小時左右，我們家樓下傳來一陣短短的鞭炮聲。

因為我們一直固守著陽臺酒席上的香燭，所以也看得到樓下的情況。我的小學同學把他哥跟他們陣頭裡的大人找來，只見他哥哥提著傳統的謝籃，籃子裡端端地坐著一尊很小的神像，他們把謝籃放在鞭炮的硝煙中繞了三圈，然後一行人浩浩蕩蕩走進管理室。

用對講機請管理員放行，他們便穿過中庭，搭電梯上樓。

當我開門迎接的時候，才看見原來謝籃裡面坐著的是他們家供奉的清水祖師，以前就聽他說過，他們家的祖師公也是年代久遠的老佛，家裡有什麼疑難雜症，都是跟祖師公求救。

母親趕緊把神桌清出一個空間，將清水祖師請上桌案。同學哥哥說，接下來他唸一句，要我也跟著他唸一句，唸完再按照劉老師說的方法來擲杯。

他究竟唸的是什麼，當下我毫無概念，我只記得他發出什麼字音，聽不出究竟是什麼字，但我還是乖乖跟著唸，一心只想著趕緊求到三個聖桮，求那個拿黑令旗的誰，原諒阿叔，讓他的運途可以慢慢好轉。

因為當中有一句「解了多生冤和業」，還有一句「終不為汝結金吒」我後來才知道這是把兩種不同版本的〈解冤咒〉mix在一起了，但原版兩種〈解冤咒〉其實也是從眾多佛經裡，擷取民間信仰想要的內容來mix的。天下經咒一大mix，有人說六字大明咒收攝一切佛菩薩的功德，有人說準提神咒是總持咒，持一遍就等於持了所有的咒，遼代的道殿法師乾脆把兩咒mix在一起，編了《顯密圓通成佛心要》。

咒語究竟有多少效力，唸的當下如果不知道意思，這樣又有什麼意思呢？但當時由不得我想那麼多，我摒除雜念，開始搏栝，而同學跟他哥哥也開始彷彿吟唱詩句一般，半唱半唸了另一段咒語。

那是一種調子很簡單，但臺語詩句的語意感覺很深奧，事後問同學，他說這個叫法仔鼓，並且抄給我看，原來是這樣的內容：

「拜請恩主清水真人，
黑地化身，風雨隨有曲，
沙界照元，七星寶劍，
寸斬妖精，有陽隨有到，
護國安民，陽間有生，
陰間有名，上天下地，

應無全靈，弟子一心專拜請，
清水祖師降臨來。神兵火急如律令。」

就在法仔鼓的唱誦裡，清水祖師也彷彿翩然駕到，地藏菩薩就妥妥地給了三個聖杯；而那位領了黑令旗至今依舊不曉得是誰，終於也願意在眾神諸佛的主持之下，點頭原諒，給出了表示和解的三個聖杯。我猜想，揮舞黑令旗的那個誰，應該是看到祖師公來了，才同意我們家提出的和解條件。地府主管機關地藏菩薩，確認了祂們的意思表示，便在公文上蓋了三個聖杯的章。那尊用謝籃請來我家的祖師公，彷彿當年坐鎮沙崙，指點江山的姿態。

我總是想像，祂大概只是揉揉鼻子，像教父一樣威而不怒，還沒開口，就把事主勸退了。

但阿叔後來還是走了，不過是他自己決定的。

在極度失意落魄的精神狀態裡，受到言語刺激，留下遺書，在我伯父家割腕，灑了一牆的熱血。與黑令旗和解，卻沒能救到他，他最後竟是被自己家的人逼上絕路，阿叔也似乎鐵了心要讓伯父家變成凶宅，聽說伯父家的和室紙門全都是血，就像時代劇那樣。

阿叔的後事都是伯父一手包辦，我們只有在喪禮見到阿叔最後一面，後續火化晉塔入土，都是伯父處理的。也許他感到心虛，也許只是兄弟一場的淺薄情誼，在那之後，我與父親的族輩們就不再有任何聯繫。

夢裡，阿叔總是跟以前一樣，穿著皮衣夾克，帶我去逛夜市。他會站在媽祖廟前抽菸，對於生命的結局，他似乎毫無怨言。他彷彿知道，有一天，也會有一個人在他頭頂，打一個洞，賞他個痛快。

第五章

暗訪天王

一

某次陪一群長輩去艋舺「喝茶」，一走進店裡就被媽媽桑認出我參加過演歌歌唱節目，應她的熱情點了一首〈裏町酒場〉。

實在不是我自己誇，憑我的演歌歌喉與技巧，在同輩之間絕對是數一數二的，因為還沒遇過我這年紀會喜歡聽演歌或愛唱演歌的。

我不是那個數一，就是那個數二，往下就沒了。

艋舺的清茶館備有卡拉OK，所有的客人按桌輪唱，鄰桌叔伯看這黃毛小兒唱起來，有那麼幾分昭和感，也就跟著一輪一輪點起日本演歌，彷彿要把整個艋舺都唱回日本時代，唱回那個舊日榮景裡。

當我唱起：「笨蛋傢伙啊，獨自喝著孤寂的酒」時，店內七彩燈球痴笨地旋轉，紅黃青紫的燈光照在那些長輩們淒清的臉上，而他們雙手卻又是那樣炙熱地需索，想碰碰那些正在倒茶、操著華北或東北口音的小姐姐們。她們雖然穿得清涼秀麗，也會跟叔伯們對唱〈千年之戀〉、〈戀戀沙崙站〉，但她們給的服務大多僅止於此，發乎情止乎禮。如果還要更多，那檯面下的私交一定要夠好，好到晚上會彼此「微信賴聊」的那種程度，才有拉拉小手摸摸腿的福利。

帶我去的長輩說，這也是一種長照。在聊天群組發現平常有說有聊的叔伯們，很久沒來交關，沒讀訊息，也沒發早安圖，大概不是生病住院，就是提前畢業了。有些姐姐會合資，幫這些無後的長輩辦場簡單的畢業典禮，或是去廟裡幫他們寫一年期的牌位，祈願他們往生善趣。

也只有艋舺才會上演花魁葬客這種晚明小說才有的情節。

艋舺的特殊色情產業可以上溯至日治時代，延續自江戶的遊廓，但又比遊廓簡化了許多流程，雖然不太注重色藝雙全的培養，但收費方式跟點檯的舊慣倒是遵循著百年來的傳統。青山宮附近，懸吊著五彩七色的紙燈籠下，初來的旅人怎麼會知道這條街曾經是日夜笙歌的歡樂街，是渡海先民認識臺北、登陸臺北的第一條街，也是茶室文化的發源地，最早叫番薯市街，以前的人相約來艋舺「磅番薯」，就像現在說要去萬華「喝茶」一樣。遊廓文化登島，日本人改艋舺為萬華，設置遊廓，編為入船町二丁目，並用諧音改名為「歡慈市街」，本欲褪去番薯的土氣俗味，想不到這「歡」之一字，反倒更讓人心神嚮往之。

番薯輕輕重重，茶溫有溫有燙，尋芳客能深自體會就好。從臺灣茶喝到中國茶，比外送平臺更早發展出「外送茶」，「喝茶」一詞在艋舺成為隱語，聽說這幾年不怕橙劑，都改喝「越南茶」，附近的美甲店、洗頭店都是越南籍女子開設，為姐妹們打扮整理，團結起來，一起掙臺灣郎的錢。

《鬼滅之刃遊廓編》上映前，日本為了「遊廓」一詞陷入論戰，多慮的家長們深怕孩子從動畫學到花街柳巷的知識，沾染男女聲色，試圖要抵制這個現象級的超級動畫。但這都是戴錯了有色眼鏡的偏見，如果一部動畫能提供如此豐富的遊廓相關知識，讓孩子學到江戶時代的文史文化，那才是真正具有教育意義的作品吧！況且遊廓的玩法，不是現代人消受得起，孩子要是真的要從這部動漫學起那些超齡的內容，基礎知識多到快可以當民俗學者了。例如開包廂要先收一筆茶席費用，只含茶水，其他另計；想吃點什麼，電影裡面才會出現的生魚片船，得從高級餐廳訂製，料金別途；點檯指名的「見世揚代」還要分大框小框，小姐不高興不順眼的恩客可以拒接。這在臺灣以前叫做「點菸盤」，藝妲端著各種品牌的香菸，請她中意的客人喫菸，有菸喫的才有得玩，沒菸喫的就只能拍拍屁股走人。看過《藝伎回憶錄》的人都知道，要能在茶屋遊廓出入，甚至成為有頭臉的「旦那」，那得先付出多少時間精力跟金錢！

艋舺有私底下進行性交易的「茶店仔」，但也有很多正規營業的清茶館，也就是長輩帶我去的地方。清茶館提供的就是茶桌仔，客人去那裡就是要唱歌喝茶，聊天交誼，清茶館是高齡男女排遣寂寞的場所，也是他們互相剾洗的高級臺語班，每天去個兩三小時，至少可以增加五至十個新的臺語詞彙。而那些看起來遊手好閒的喝茶阿伯，隨便一開講，都可以道出一段發生在他們身上的臺北奇案，他們口中的艋舺，生猛有力，也比任何一本導覽介紹艋舺的書還要吸引人。

一般人來艋舺不太會逛來茶室文化街這端，這是一條與梧州街垂直的短巷小弄，算在「南梧州街」的勢力範圍裡，跟「北梧州街」隔著廣州街。熱炒店也是這區很尋常的店家，以前沒有法規管制的時候，只要敢開口，願意掏錢預訂，什麼樣的山產走獸都可以炒上桌。茶室或清茶館如果是安裝透明落地窗，裡外一覽無遺，那就是單純提供卡拉ＯＫ，陪喝茶陪唱歌；設置獨立包廂但也掛牌清茶館，門面幽閉隱密的，雖然不一定真的暗藏無邊風月，倒也很引人遐思。

不管是哪種消費形式的店家，卡拉ＯＫ算是最基本的配備，滿街國臺語副歌旋律淺淺流瀉，毫無靈魂的Midi機械式單音，推著歌曲往前，現在更流行直接唱抖音歌，飲茶的叔伯們有一搭沒一搭地唱，他們的茶裡像是摻了酒水，茶醉醺醺，不知道在期待陪唱的小姐給他們什麼「沙必死」。

我一直覺得艋舺的「茶室」一詞，應該就是受到日本的「茶屋」影響而來，因為茶室也跟茶屋一樣，沒有內建廚房餐飲部，客人如果要吃什麼，都得跟外面配合的餐廳叫，有時候經過茶室文化老街，就會看見捧著一艘生魚片船的瘦弱阿弟仔，穿白襯衫跟黑色背心，一雙蹭亮的黑皮鞋，腰間插著對講機匆忙奔走，不知道是要送去哪間茶室的包廂。而看著那些阿弟仔，我都會想起阿叔，他拍著胸脯，說他總有一天要發大財的英姿。

阿叔當年也曾來華西街擺過攤，閒聊之間，一個頗有年紀的阿姨，她說起了她跟阿叔買過寵物兔子的往事，還一邊幫我罵伯父很夭壽。

阿叔生於一九六〇年代，也是茶室文化開始有私下交易的時候，他才十來歲，難免對茶室的生活或混角頭的日子懷抱過度美好的想像，所以才會執意要去那個對士林人來說就像個繁華夜都市的艋舺，多繳一份保護費，擺攤做他的小動物生意。他嘴裡說是要增加客源，但其實他應該是想暫時逃離家裡，逃得稍微遠一點點，好像那樣就會比較自由一些。

對阿叔還有印象的阿姨說，她當年也是剛入行的小姐，跟她同梯的大多都去做媽媽桑了，少數幾位還保持著現役的身分，服務著跟她們一起慢慢老去的客人們。但阿姨很早就收山不做了，現在閒雲野鶴輕鬆得很。

阿姨的故事說得有一搭沒一搭，上臺唱完歌，才繼續說起當年阿叔有點天然蠢又有點帥的事蹟。例如他曾經為了一位小姐拿不到的小費，被酒瓶打破頭。這件事情我第一次聽說，但我對他某天晚上回到家之後，頭上包的紗布還滲出血跡的樣子很有印象。至於是不是同一天或同一件事情，已經不可考了。

阿叔不會再老了，在阿姨心中，他永遠唇紅齒白，頂著一顆飛機頭，渾身皮夾克和牛仔褲的帥勁讓人著迷。叼著菸的嘴總是斜斜的，笑起來帶點邪氣的少年兄，站在街口拎著兔子，惡作劇問她晚上要不要補一下。

紅燒兔子在艋舺不算特殊菜色，但阿姨後來就把那隻兔子買下來了。

二

艋舺的女人有種強韌的氣質，尤其武漢肺炎疫情肆虐過後，路旁的招牌廣告燈箱逐一亮起，賣魚乾的阿姨們首先推著攤車緩緩登場，炭爐揚起星火點點，彷彿正在進行某種除煞儀式，為大疫後的街道灑淨。

在艋舺夜市走踏了半輩子的魚乾阿姨們，是疫情逐步解封以來，最早歸隊也最勤快叫賣的攤販，那些攤車就像浮世繪《神奈川沖浪裏》滿載漁獲的木船，所經之處，翻出陣陣潮風汐味，饞得我貓般的嗅覺跟著發狂。塑膠盆裝著醃漬辣小魚，魚乾魚脯則是整齊陳列在吸油紙上，按著體型大小與價格，魷魚絲、香魚片、花枝頭，分門別類，最便宜的小卷乾，一尾只要五元，彷彿回到小學時代，那個籤仔店隨處可見，嘴裡一口紅魚片，手裡一把紅肉條，毋知毋驚，不畏色素的美好年代。

下課十分鐘拿出一大袋魚片或肉條，分送給同學的有錢人家孩子，通常也會順利當選班長或副班長，還有模範生。願意把點心分享給其他同學的人，都會被尊奉為「零食大總統」，如果野心更大一點，就可以在班上大行分封建藩，找幾個要好的同學互相提名擔任幹部，然後策略性灌票，讓同一掛的都能當選，校園自治條例被徹底玩壞，往後不管是校內競賽人選，或畢業旅行地點，都在他們的掌握之中。「魚片黨」在班上儼然成形，黨同伐異的現象嚴重到如果教室有發包工程，可能都會被他們用紅魚片圍標綁走。

每個月初，我剛拿到三百塊零用錢，煩惱著要買漫畫、買專輯卡帶、買超級任天堂遊戲卡匣、買布袋戲尪仔……分配下來的魚片預算，大概只能兩天一包，相形之下，加入「魚片黨」可以每天吃到蜜汁、碳烤、檸檬等不同口味的魚片，對資源貧瘠的小學生而言太過誘人，開學不用一週，過半數都成了吃人嘴軟的柱仔跤，隨時都願意依照黨主席的意思發起甲動，連老師都不太敢當那個破壞民主的獨裁者。

到了國中，魚片黨可能蛻變成漫畫黨、A片黨，黨主席也懂得端出更好的牛肉，讓叛逆的國中生願意歃血插刀。魚片黨的黨主席，聽說後來當選國立大學的系學會會長，不知道他是用A5和牛還是野生烏魚子搞定選民？沒有任何人會從魚片黨的故事領悟民主真諦，被收買的門檻只會隨著年紀增長而提高。

等到可以站在籤仔店門口，對著店主阿媽說出「我全都要」的年紀，籤仔店卻已隨著店主阿媽過世而結束營業。看透了爾虞我詐，包括花枝漿偽造魚片的拙劣手段，走入不再單純也負荷不了添加物的年歲，婉謝紅色五號六號搽塗胭脂的假魚片，改吃整尾魷魚曬成的片乾，花時間等待炭爐焰火在魷魚表面炙出焦痕，終於也吃懂了阿叔半夜慰勞自己的那幾根魷魚鬚腳，果然很值得開一瓶18天，或是權充作大吟釀的下酒珍味。我跟阿姨注文的魷魚乾現在就像一通無形的廣告在街上飄蕩，不斷幫阿姨招徠饞貓般的客人，而阿姨看來不打算付我宣傳費，只顧著翻烤烘爐的魷魚乾，指尖錘鍊過絕世神功，水火不侵，赤掌就在炭火裡翻來覆去，將現烤魷魚乾撕成一條條，俐落地裝進吸油紙袋。

住在萬華區，每天看著封城的新聞，疫情愈來愈嚴峻，我曾以為永遠見不到這個景象。

剛開放打第一劑肺炎疫苗的時候，我專程選了仁濟醫院，為的就是想回艋舺看看。搬到西門之後，接連看了好幾年青山王祭的鬧熱；參加龍山寺的盂蘭盆會贊普；寄付微薄的稿費給正待重修的祖師廟，以報答當年在淡水舊家那桌請冤親債主吃「和頭酒」的顯靈之恩；每個月的二十一日固定去臺北天后宮的弘法大師面前，誦經供養。我甚至因此開始有了身為臺北人的自覺自信，膽敢在最厚禮數的府城人跟最刁鑽的鹿港人面前嗆明「我們艋舺」怎樣怎樣，畢竟全臺灣也找不到第三個地方可以跟他們相提並論。

我本來很羞於承認自己是來自傳統文化蕩然無存，禮崩樂壞的臺北，但隨著認識了自己家族的歷史，以及艋舺的過去，漸漸在老城區裡，我也找回了臺北人的驕傲。在不論漳泉區別的前提下，我們都可以算是廣義的老臺北人。

疫苗很快就打完了，踱步在廣州街，路上除了魚乾攤車，僅有零星三五攤街邊小吃，勉強做著微薄生意，而兩旁店家幾乎都拉下鐵門，連站壁的小姐都不知所蹤。

我的第一個壞念頭是，該不會那些擺攤開店的阿伯阿婆，都早一步跟隨龍山寺的觀音媽，逍遙自在去了？至今還無法確定究竟是透過什麼途徑，武漢肺炎空投在萬華的蛋黃區，飛散無形的病毒，奔竄於老艋舺錯雜的巷弄，造成大規模的慘重傷亡。就像沒人能回答當年到底是什麼原因，盟軍要針對龍山寺這種宗教建築投擲燒夷彈。難道誤會這棟名剎其實是什麼行政單位嗎？

我佇立在香客逐漸回流的龍山寺，看著信徒依然虔誠叩拜禮敬，就像這裡不曾發生過空襲也沒爆發過疫情。或許不是信不信神，觀音的慈悲無庸置疑，而是信徒更願意相信人作孽不可活，萬般皆是命。

疫情深鎖艋舺，鎖到讓人絕望，最嚴峻的時期，每天看著手機地圖，彷彿喪屍電影或電玩《惡靈古堡》、《垂死之光》的劇情，確診者的足跡從捷運車站步步進逼到昆明街的家門口，紅圈紅點不斷重疊匡列，彷彿野火燎原不可收拾。鄰近的街區全都被吞沒了，沒有安全區，天空有位殘忍的漁者不斷收束祂的羅網，或像阿叔擊殺鼠頭那樣一槌一個，大小通吃。我只能貫徹防疫鐵律，扎實地體驗了什麼叫做一個月足不出戶，並將兩斤白米和一斤傳統麵乾吃得一空。自囚於宅，堪比夫子困於陳蔡，又似厲王死守睢陽。清點庫存的蘇澳丁香、東港櫻花蝦、萬里海菜芽、鹿港蝦仔朥，還有家中常備的魷魚乾，確保有白米白麵就能度日。

我按著母親從前照顧四代同堂的習慣，時常貯存著干貝蝦米，昆布蠔乾，還有乾香菇乾木耳乾酸筍乾金針，小迪化街一樣的灶跤，拯救了我的防疫生活。囤積乾貨不僅是對未來不可知的疫情或戰情所作的超前部署，更是我對透天厝兒時生活的一種再現，如果今天就是世界末日，我可以很有自信地抱著牆上那三隻在疫情前補貨的魷魚乾說：「我可以比大家多活至少一個月！」

那三隻魷魚乾是一位阿婆買的，她應該是所有魷魚乾攤販之中，年歲最長的一位，疫情消退後，我在廣州街靠西園路這段尋不見她往日的身影，讓我有點擔心。總是會跟我多加攀談的阿婆，獨力推著一臺彷彿以燒炭爐為動力的魚乾攤車，穿街走巷，星子般的焰火雖然稀微，但不曾熄過，一整夜燻下來，滿頭灰白既是星霜，也是爐燼，她那頭每晚都被烘失水分而分岔的銀白髮絲，香過魚乾。我有點心急，走到廣州街尾，看見魚乾阿婆的時候，才放心下來。幸好她挺過了疫情，只是體力漸虛，不得不把攤位挪到廣州街後段。我小心翼翼地把剛才在前街買的魚乾藏到托特袋裡，才趨前向她寒暄，藉口買兩張香魚片，與她閒聊。原來賣魚乾是她防止老化退化的復健運動，但因為前面的攤商屬於「艋舺管理會」，對攤車規格跟營業模式都很有要求，她現在推不動大車，又無暇顧及電子支付，只好來後面這個屬於「廣州街管理會」的地方擺攤。這裡也是艋舺最老的夜市商圈，有一半都是老客源，做起生意也相對輕鬆。

我曾以為賣魚乾的不管是阿婆或阿姨們，可能都是跟同一個中盤商進貨，或隸屬於同一個關係企業。甚至還很壞心地猜想，有沒有可能是受雇於某個跨國魚乾事業體，因為簽了保密條款，所以才不好意思承認她們其實都是樣板攤商？我沒有直接這樣問賣魚乾的阿姨和阿婆，她們必然遵守了某些江湖規矩，不去搶彼此的生意，也不特別批評對方，所以她們能挺過疫情的蕭條，繼續在同一條廣州街上共存。阿婆只有透露說，她更喜歡用桃園一帶的小花枝，而其他阿姨則是進口越南的魚乾居多。價格與利潤有些微差距，但更多是因為口感與鹽分的差別，阿婆特別說，小花枝的品質並沒有誰好誰壞的問題，喜歡哪家就吃哪家。

艋舺的廟多，喜歡拜哪家就拜哪家。

唯一要遵守的艋舺規矩，最核心精神應該就是要方便大家做生意。愈是野蠻的叢林就必須樹立一套完整的公約，紅線畫在那邊，誰要去白目亂踩，那就等著後果自負。外人總以為有一個龐大的管委會負責運籌帷幄，掌控整個艋舺商圈，但這裡其實按著清代以來的老規矩分地盤，根據街道來界定人我境域，不同區段的街道開著不一樣的店面，客群不同，收益數字也都不盡相同，自然就不能用同一套標準來管理。

參拜完龍山寺的觀光客，橫越了西園路，走進廣州街，就會先踏進「艋舺商圈」的地盤，因為離捷運站最近，是觀光客最密集的街區，賺的是熱錢、快錢，金流旺盛，但管理風格也最嚴謹，很多攤商都支援電子支付，相關工作人員還規定要穿制服，甚至建立自己的外送與廣播系統。

早在疫情之前，這區的店家攤商就發展出「艋舺」限定的外送系統，每一單只向店家跟客人各抽十塊錢，沒有低消，二十元的服務費還免去了平板月租跟其他苛扣雜費，相當經濟實惠。只要人在「艋舺」，不時都會聽到「魷魚絲烘兩百箍」，或是「魷魚羹三碗」。看是在路邊飲涼水，還是在茶室跟小姐對唱〈雲中月圓〉，打電話去，合作店家的餐點都會在半小時內送到。

以往只有晚上才活絡的外送廣播，疫情期間連大白天都在趕工運作，將餐點、藥物、篩檢試劑等各種民生用品，輸送到支援政府隔離措施的防疫旅館。這項服務也因此在疫情期間保住了部分族群的工作，提供微薄的經濟扶助。

餐飲店都配合政策拉上鐵門，艋舺專屬的外送員卻可以從後尾門取得餐點，街上但見全副武裝著醫療級絕塵設備的人，騎著機車穿梭街區，像是在閃躲街上看不見的行疫瘟神。艋舺店家攤商與外送員的協力合作，意外地在封城時期，支撐起整個大萬華地區的日常三餐與現金流，甚至連醫療物資和獨居長者的需求都扛了下來。

不該暗喜疫情發生在萬華，但我真的想不到除了萬華區之外，臺北市還有哪一區能在病毒爆發期間發揮如此團結的向心力，又如何在病毒轟炸過後，這麼快速地恢復往日的繁榮。

三

萬華區還是臺北對疫情最有經驗的一區，西元一八五四，咸豐四年，鼠疫從艋舺港口爆發，順著現在稱為貴陽街的番薯市街，綿延到主祀媽祖的新興宮與觀音菩薩的龍山寺前，這也是瘟神第一次打臉兩位大神，史書雖沒有記載實際的死傷人數，但所有船隻長達三個月以上無法進出港，店家曝在門口的魚乾鹿脯都遭到銷毀，連倉庫裡的茶葉都悉數被處分掉，從經濟民生物資的損失，就能揣知當時瘟疫的嚴重程度，與今日的武漢肺炎相去不遠。

大夫郎中束手無策，媽祖只能出籤警示，此番災厄乃人禍之不可違，要民眾守在家中，聽任瘟神威怒，且待疫情自動退去，並好好記取教訓。籤詩旨意令人咋舌，不少艋舺人想起去年的咸豐三，為了船港利益跟土地糾葛，發動了同鄉相殘的頂下郊拚，還大膽燒掉了祖師廟，或許遭逢天譴都只是剛剛好而已。

疫情久久未退，於是有人自告奮勇，開船回鄉，要把驅瘟鎮煞的靈安尊王請到臺灣來。並不是嫌棄女神媽祖或觀音菩薩的心腸太過慈悲，而是民間信仰講究剛柔並濟，供桌案頭放著犒軍用的金紙與解冤的經咒，但也有拷鬼的打棒與鞭邪的法索，一壇法事科儀結束，主法者會擲栝求問法會結果是否圓滿，如果得不到聖栝，起初會獻香敬酒，再擲栝；加碼金紙，再擲栝；追加供品，再擲栝；最後還是不行，就抄起傢伙，對著四面八方揮舞一番，法索甩在地面，發出雷般巨響。通常到了這個階段，神驚鬼怕，無栝不驗，無卦不聖。

青山王剛到艋舺，在瘟疫最嚴重的街區草寮搭設祭壇，連日的出巡與祭祀活動，祈求天恩大赦，也不曉得是神威顯赫，還是鞭炮的硝煙發揮消毒作用的同時，把瘟鼠都嚇跑了，不出三個月的時間，就把瘟疫穩住，當地的商業活動也漸漸復甦。

一出手就業績達標，女主管媽祖跟外籍經理觀音菩薩也大為嘆服，於是青山王在貴陽街建廟，正式成為艋舺人的男神，艋舺的老大哥。每年農曆十月二十二的青山王祭，俗稱的「艋舺大拜拜」是為期連續兩天的暗訪，加上一天正日遶境，本地外地的宮廟軒社，紛紛出動轎輦聖駕，派出隨行官將陣頭，爭奇奪巧，而幫青山王祝壽的陣仗，比觀音得道日或媽祖聖誕還要鬧熱。贏在械鬥卻漸漸輸掉時局的三邑人，幸好靠著惠安來的青山王保住了一點點顏面，消除鼠疫跟各種細菌造成的傳染病，收拾殘局，挽回名聲，如今更成了每年跟文總合作的大活動。

每當青山王暗訪聖駕要經過艋舺龍山寺、艋舺祖師廟、艋舺集義宮和臺北天后宮這四間廟的時候，都會熄燈禁火，眾轎班採跑百米的方式，扛著青山王向前衝，過廟不拜也不入。有一說是神格不同，廟方之間互相尊重不打擾；另一說則是因為械鬥舊怨，避免衝突。但這四間廟當中，其實只有祖師廟是被三邑人放火燒掉的，三邑人甚至還有出資協助興建龍山寺，所以衝轎真正的原因是什麼，也已經很難細究，但保留這樣的江湖規矩，每年示現給艋舺人看，就是要學著尊重對方，避免踩到那條破壞地方區域和平的紅線。

搬來西門的第一個月，我就乖乖去青山宮報到，因為關渡二媽跟清水祖師的事情，已經養成我每次遷徙落定後，就會逐一向當地神明拜碼頭的習慣。被姑婆祖收服的過程緩慢而難以解釋，但至少在祖師公也順利解除我們家的黑令旗危機之後，我漸漸趨向佛教也必須跟民俗信仰共存共榮的心境。民俗是一種流動的活體，不必然需要一塊固有不變的傳統掛在橫梁上，清規日改，日規民換，所以每年都要不斷地讓自己回歸成一個新來的外邦人，用好奇的眼，重新參與並記錄每年固定都會舉辦的在地民俗活動。

既然搬來西門，就應該乖乖地從青山王家將的喊班開始，全程隨駕，走遍相對於「艋舺」而言，範圍更為寬廣的行政區萬華。

暗訪隊伍出發之前，負責喊班的青山王眾將官要高喊：「恭請王爺升堂」，回鑾後則要喊：「恭請王爺退堂」，也因為這個戲劇化的儀式，讓信眾有一吐怨氣的申冤機會，兩日的徒步暗訪，加上一天正日，陣頭穿街走巷，在交通警察的協助下，橫越馬路，而大宋明臣青山王，也必須遵守現代交通規則停等紅綠燈，這時候就會有信徒湧上前，訴禱著這一整年遇到的怨憤不平之事，祈求青山王做主，替他們主持公道。

所以當青山宮前有人持槍挾持後飲彈自盡的新聞一爆出來，網路上一片撻伐之聲，認為黑道應該要全面退出宮廟，甚至也有人揶揄臺灣的宮廟都是黑道等等。但我卻認為，就更因為是黑道，宮廟要展現更強韌的包容力，讓他們都能在廟裡尋得方寸的平靜，好好思考未來人生的方向。我非常能理解萬國幫的那個阿國，他為什麼要在距離暗訪不到一個月的時候，跑到信仰了一輩子的青山王面前，對著副主委開那幾槍，並在臉書留下：「我受不了，社會就是人吃人，誰有權力說了就算！」的警世遺言而飲彈自盡。

他雖然為自己伸冤，但他沒有埋怨青山王，他甚至知道這是自己要承擔的，走入黑暗路，沒有什麼好辯解。這種莽氣從不曾離開艋舺。外地人以為黑道綁架艋舺，其實是連黑道自己都被框設在艋舺人訂下的江湖規矩裡，歷史悠久的老街區，發展出根深蒂固的在地勢力，有的時候它會以鄰里長的形態出現，有時候則是某個軒社的頭人，有時候才是黑道大哥。但總歸一句，還是那個老庄頭不能隨便被踩線的規矩，不管是大清皇帝還是日本天皇，蔣氏王權還是民選總統，所謂的天命之子，那是來來去去留不住的，唯有在地相承百年的規矩，才是最可靠的生活準則。

艋舺第一守則，無論大哥有多大尾，都大不過貴陽街的青山王，所有的大哥都得喊祂一聲張大哥。青山王原名張悃，是三國時代東吳名將，宋代曾顯靈助戰，被封為靈惠侯，所以叫大宋明臣；而信徒用以尊稱的青山王或靈安尊王，則是祂明代以後的尊號。艋舺就跟臺灣所有移入了閩粵開墾者的地區一樣，各地角頭根據先民的居住與信仰分布而慢慢形成，對於艋舺的信仰，粗淺一點都是只知龍山寺，略懂青山宮；進一步參與過青山王暗訪之後，就會了解這個讓阿國憤恨不已，含冤而亡的權力結構，其實是延續自艋舺各角頭的勢力劃分，各個勢力之間的互相糾纏，甚至可以上推到清代械鬥時結下的恩怨。

但冤家宜解不宜結，不管阿國是為了什麼事情去廟裡找副主委，廟方都不應該插手。

青山宮也一直在尋求與城市的對話，尤其建廟一六五週年那夜惹下很多爭議，讓青山宮學到不少經驗。當陣頭在狹窄的道路間推推送送，信眾設宴幫自己辦桌慶生，青山王這個做大哥的，怎麼樣也得要挾個幾口烏魚子意思一下，舉杯敬列位眾神一巡再走，以顯氣度，所以大概也就吃得有點醉了，腳步愈走愈慢，下午兩點起駕，竟然巡到隔天早上七點才回鑾，綿延數公里的遶境隊伍嚴重影響到當天趕著上班上學的人，也讓傳統信仰與都市生活之間的衝突與矛盾，再度成為話題。

登上新聞版面之後，青山宮廟方連忙道歉，並許諾往後的暗訪都會縮小規模辦理，紅壇要事先登記，還會限制數量，控管陣頭長度，回鑾退堂的時候，主委也都會向大眾報告入廟時間，儘管是歷史悠久的「艋舺大拜拜」，也不能隨便踩萬華人的紅線。

雖然說是艋舺人的小過年，但暗訪對現代的萬華居民來說，不僅沒有任何熱愛，可能早已經成為生活的障礙。一方面民間信仰人口的流失，本就是不可逆的，另一方面外地人的移入，早就讓青山王失去艋舺的主導地位。像西門町那一窟，彩虹窟，這幾年青山王陣頭還會額外多花時間，特意走過六號出口的彩虹地標，但別說不認識青山王，西門町男同志可能連對面的臺北天后宮都沒踏進去過。對男同志來說，民間信仰的遶境、暗訪、點光明燈、安太歲、補財庫，聽起來都沒有水晶頌缽、海底輪、大阿爾克那塔羅牌、寵物溝通師來得吸引人。我不會責怪這樣的男同志乃至於所有用這種心態看待民間信仰的現代人，必須像我這樣跟姑婆祖玩過「神抓人」的追趕跑跳蹦，才有可能理解那塊看起來只是放在桌案上，長年飽受香煙薰臉蒸面的木頭，居然真的有能力解決生命的難題。

宗教信仰是自由的，我無法調查每個人的信仰情形，要求住在萬華的人就一定得要拜青山王，但我眼前所看見的是，一方面信眾沿途搭設紅壇香案，按照禮數，神將神轎每到一處紅壇香案前，都稍事停留，讓主人家燒香化金，燃放炮竹，鑼鼓齊鳴，好生迎送，細心款待一番；另一方面則是匆匆忙忙顧著自己走路低頭滑手機，把身邊這場喧天鑼鼓當成人生遊戲的一場背景音樂，自動關上耳膜，將眼前的畫面直接調成靜音。

後來想想，算了，要痟就留給我們這種佛仔空、廟會空來痟就好。我一個外地客，懂得不多，暗訪資歷生澀得就像供桌上那副豬肝泡米酒——至今不曉得這種拜法是什麼來頭，原本又是什麼用意，問了地方耆老，也是說法不一，但我相信只要乖乖地隨香跟著走，走久了，總有一天會參透的。

疫情漸退的二〇二二年，已經是青山王的一六七週年暗訪與遶境，這一年罕見地出動了沿街煮油的儀式，企盼透過油火的科儀，將最後這一點點徘徊在街道間的瘟魔驅除。青山王上次御駕親征的煮油儀式，是為了對抗同樣也在萬華造成疫情的SARS，相距約莫二十年。

因為當年是應徵除瘟這項業務才渡海來臺的，所以當大疫再起的時候，萬華人想到的就是趕緊請青山王出巡暗訪。有的祭祀體系，對瘟神如敬如畏，保持距離以策安全，把瘟疫當成一種調節人口的超自然力量，如果死傷太多，就會請動像祖師公、青山王或城隍爺這種帶有保衛家園性質的鄉土守護神，來跟瘟神進行和瘟談判。這種談判其實也是告訴當年瘟神，先禮後兵，如果用暗訪的訪不通，大宋明臣Aka孫吳大將就會拿明朝的尚方寶劍來斬民國瘟神。

除了天地山川日月星辰可以為神，花草樹木鳥獸可以成仙，跟神仙精鬼同樣無法肉眼看見的病毒細菌，當然也可以擬人成為某種神明，所以民間信仰也會將瘟神視為掌管瘟疫之神，如五福大帝與眾姓千歲王爺，王爺可能是瘟疫病毒的具象化，或亡於瘟疫的英烈，或代天巡狩人間的天神。東港迎王在武漢肺炎疫情期間迎來的是「封府大千歲」，就這麼巧，SARS那年迎來的也是「封府」。不管是封城還是封印，封這個字出現的時候，振奮人心，同是瘟疫時期，三十六位進士各自姓氏不同，要如何解釋這個巧合，或是要怎麼操作出這樣的巧合，其實都是民俗難題。

或許也該把武漢肺炎封為「武漢尊王九省千歲」，因為當時最嚴重也最早封城的疫區，就是武漢周邊九省，祈請這些因為疫病而亡故的諸精靈，冤有頭債有主，快去領黑令旗，敲敲那些殺人官僚的後腦勺。

即使沒有什麼看熱鬧的人旁觀，應對疫情的路口煮油祭煞科儀，依然做得規規矩矩，每到一個路口或轉角，執事人員便把擔著油鍋的藤編轎子，安放在馬路中間，油鍋全程持續燒著小小一盞火光，但見戴著法眉的法師，手裡拿法索咻咻咻地像在抽打邪神；身穿黃色海清的威遠壇道長，熟練地在口中含酒，往油鍋一吐，小小火光瞬間成為天上降下的三昧真火，彷彿真的有瘟鬼，像魚乾阿媽攤車上翻滾的魷魚乾被焚烤一樣，發出了滋滋滋滋的美味聲響。

跟著煮油的隊伍，走進平常就火光焰焰的華西街，尤其後半段，各家食肆的鑊氣交互錯落在街上奔竄，生猛有勁，這裡雖然緊臨著「艋舺夜市」，與廣州街垂直，跟梧州街平行，但華西街夜市管委會又是完全不同的單位，這裡的鋼骨結構宛如現代版的不見天街，落成得比鹿港、比九份都還要晚許多，但還是達到了「暑行不汗身，雨行不濡履」的功效，列在「二鹿」之後的「三艋舺」，不辱其名，頻繁出現在各大新聞媒體，華西街牌樓成為觀光客最喜歡拍網美照，電影《艋舺》也曾來取景的著名景點。

往常逛街都是先闖進牌樓，去進源書局挖一些早期缺乏版權概念，地下出版社隨意流通的各種佛道教文獻。然後吃碗米糕糜或冷凍芋，再走到街尾喝一碗鹹鹹的瓜仔肉湯配清飯，最後才走回街頭的唱片行，挑一張從衛星小耳朵側錄日本訊號的演歌光碟，回家慢慢欣賞。盜版的文字影音都已經被投到虛擬的雲端檔案區，以串流的方式傳播，而艋舺這裡的盜版還是以實體的方式繼續存在，展現著這裡的老派情懷。有時候「老臺北」指涉的可能是某種傳統地域，也可能是某種停滯的生活樣態，全長三百餘公尺的華西街，常有人誤以為此街即是老街，是老臺北，但華西街的拱廊不過建於一九八〇年代，跟我差不多年歲，整條街要說是老，但那些店家其實都很新，還老不過隔壁拓成馬路的東西雙園路。我猜這拱廊應該是哪個角頭的頭人，被大家推派去日本考察取經帶回來的觀念，因為華西街的拱廊，總是令人聯想到京都的錦市場與寺町通。

觀光街區都應該視各地區的天候，推行拱廊整建，畢竟多雨的地區就要用科學手段應對，往往一場薄薄的雨，就會把華西街街尾沒蓋拱廊的路段，灑得悽苦萬分，而不知情的觀光客，通常逛到鋼架門廊下方，看著兩側蕭條的街景，便會以為艋舺的百年風華就結束在這裡，胡亂地對眼前早已逝去的繁景感嘆一番，錯把赤鼻當赤壁，乘著自己的遊興而歸。

孰不知這裡才是艋舺人老司機熟知的角頭，真正的臺北第一街，艋舺的故事也才正要開始。

仔細抬頭往上看，才會發現街尾的房屋，其實本體是兩層樓高的紅磚屋，而那種用水泥刷出花草的工法，最晚至少也是日治時代的遺構。

再走到底右轉，就會看到那掛滿了紙燈籠的街道，以及青山宮的牌樓，真正的艋舺老大哥，臺北的暗訪天王，就藏在華西街底的深處。

第六章

境主

一

每每想到能住在神明的境內，便感到十分安心。

日本神道教也非常重視「境」的概念，並以鳥居來區分，鳥居內就是神社的「境內」，是專屬於神靈——包含天神與靈鬼——的空間，也就是非人類的空間。人與神鬼的安全社交距離，是由「境」確立的，要安撫轄區內冥陽兩界的百姓，就必須巡視自己的「境」，也就是「遶境」的意義。

因為現代交通手段愈來愈多，千豆媽近年被民間信仰視為北臺境主，這跟傳統「境」的定義不同了，以前大多是以步行能到的距離為主，現在愛搭火車的魔法少女關渡二媽把「境」愈畫愈大，哪天搭無人機去遶祂自己的「境」，我也絕對不會感到驚訝。

很多人瘋行隨駕大甲媽，誤以為路線所至都是祂的「境」，混淆了回祖廟「進香」跟巡視轄區「遶境」的區別，尤其是一九八八年大甲媽取消了香擔組，大甲媽再無刈火任務，九天八夜的賽道終點也從北港變成新港，正名為遶境進香後，大家對「境」的理解就愈加模糊。大甲媽去北港也不過就是日治時代才開始的風尚，不喜歡「回娘家」就改成去新港交朋友，以後說不定又再改成去哪一港遊庄，但這都無增無損媽祖本人魔法少女的神通廣大，畢竟姑婆祖收妖伏魔的手腕，我們凡人無法臆測。

與大甲媽祖的流行相比，我更習慣的還是向住家周遭的長輩問安。

很多新朋友認識我，都是因為先在電視新聞看到我在幫大龍峒保安宮解國運籤。我不只一次在公開或個人場合解釋說明過，那個叫做「公籤」，但每到農曆新年開正，新聞鋪天蓋地打著斗大的「國運籤」三個大字，關鍵字的搜尋也都被占去，要再怎麼說明清楚，都很困難了。

角頭大廟或本地境主都要負責抽出自己轄區的公籤，針對未來一年的稻作收成、漁獲情形、商業活動，以及總體運勢等項目，各抽出一首籤詩，廟方再依照詩句內文、卦爻卜辭或是卦頭故事，解說神諭。詩句通常都很淺白，例如「凶事脫出化成吉」，就算中文能力再差也不可能將這首解讀成凶籤；或者用一些常見的典故「太公垂釣渭江濱」，就曉得事情發展可能沒那麼快，但畢竟只是一種譬喻，所以不必擔心要等到八十歲才會解決；稍微難懂的應該是像「前三三與後三三」這種帶禪意，抽到的人如果是問會不會中舉上榜，那就有很多重解釋可以推敲。

每個地區的地理條件不同，產業形態也不同，所以由最熟悉當地風土民情的角頭境主來抽公籤，應該最具公信力，準確度也會最高。

收妖手段剛柔並濟，即使是祖師公五月初五的安四方，或是新莊大眾爺暗訪，霞海城隍出巡，還有青山王的兩日暗訪，都不會是只有一味地對邪魔妖祟強攻猛打，不明就裡地亂毆亂抓，神明執行夜的任務時，會先進行更多的談判手段，鬼差八將的演武，更像是在跟妖魔進行溝通，擺開陣仗先嚇阻一下，如果有效願意乖乖聽話，那就不用煮油噴祂。妖怪也是他媽生的，人情留一線，日後好相看，保生大帝醫治吞吃婦人的老虎，並不是醫完老虎的喉嚨就把牠宰了，而是談好條件，留祂在身邊當大貓咪，繼續修行。

每當有親族朋友往生，我們都會祝祂到神佛菩薩那邊繼續修行。我的阿公阿媽叔公阿叔，到後來外公外婆，皆是如此。只有阿叔的例子比較特別，沒有享盡天年，得去枉死城服刑，把沒活完的陽壽按匯率陽間一天等於陰間四十九天計算，日子過完了才可以投胎。自殺跟意外都算枉死，為了讓親族早死早投胎，就得出動打城儀式，破枉死城，買通鬼差，把人犯贖出來。我還記得當時為了要幫小叔叔再度掙脫樊籠，不只求神問卜，還辦了很多場破枉死城的法事，次數多到我覺得再破下去就要萬鬼出籠，就差沒有學孟姜女哭倒城牆了。

但這一連串又是充滿戲劇想像的行為，其實源於一個很大的Bug：生死簿為何無法記載自殺者或意外死亡的實際陽壽？如果一個人來到世間，注定是以自殺或意外死亡的方式離開，那生死簿應該可以很清楚地記載什麼時候生，死於哪一年吧？怎麼拿謄載資料不確實的生死簿，質疑人是否枉死呢？

這個Bug是劉老師分析給我們這些請了破枉死城科儀的家屬聽的，這也是為什麼我對她的很多觀點都頗能認同的緣故，信仰不該拘泥在沒有根由，甚至邏輯不通的理所當然，信仰要能撫慰人心，而不是成為冷冰冰的教條。

她讓我們繼續去拜省城隍，並要我們去省城隍幫祖先們寫牌位，大臺北地區比較知名的城隍老爺，有官制的松山府城隍，有名氣響亮的霞海城隍，特別要我們去拜省城隍的原因，實在讓人想不透。她也不是裡面的相關人員，拜多了對她也沒有好處，但是她又不肯直說明講，我們只好就先這樣跟著拜。

一直到外公過世後，她才娓娓說出真相。

早年外公隨著輪船到基隆港，靠岸十多天，他很常跑去西門町逛街吃飯看電影，消磨時間，也很喜歡到省城隍廟對面的明星咖啡館，喝著咖啡，與來自各地的人攀談。

可能是他年輕許下的心願，或者是緣分就這樣不知不覺牽在一起，劉老師說，外公還沒過世的時候，她就感應到外公跟省城隍爺身邊的文判官有點淵源，當時只是覺得，神明跟人之間都有不同的緣分，有的人跟某些神特別有緣，但通常也就僅止於此，只有在某些特殊天時地利人和的情況下，神明才會找人來當祂的代言人，這樣的比例其實真的非常微渺。可她萬萬沒算到的是，外公過世做完四十九天的法事之後，居然跑到省城隍廟述職到任，成為新一屆的文判官。應該說，是新到任的文判官「們」，老判官還是原來的老判官，外公是跟一群飽讀詩書，甚至當年也一起在咖啡館聊過天的學者，一起擔任文判官，這或許比較像助理與祕書的職位。每一尊神明底下都會有很多助理跟祕書，當主神為了更大條的案子，暫時離廟去處理，或雲遊不在的時候，就會由助理跟祕書負責代為執掌瑣碎的廟務。分工合作才有辦法處理人間龐大的雜訊，更何況是管理陰陽兩界的城隍爺。

劉老師本來只是想說，文判官或許看在跟外公的緣分，應該可以幫我們一家多多在城隍爺面前說點好話，所以才叫我們都往省城隍廟跑，現在確定外公就是文判官之一，那就更好辦了。

如果有人問我，臺北人該拜哪個城隍，拜哪尊媽祖，我覺得其實也都是要看緣分。誰知道冥冥中會不會有哪一尊神明，看中你們家的誰去當祂們部門的祕書呢？

我很少談這類緣分或感應，因為我覺得這是很私密的個人體驗，絕對不能代表現實的民間信仰，只能視為每個人的特例。我絕不會跑到省城隍廟，指著文判官跟廟方說：「放我進去，那是我外公。」

那樣好瘋。

但是正當手邊在處理的事情，接二連三發生難以解釋的巧合，而且親人同事朋友也都跟著體驗到的時候，就很值得寫下來了。

我第一次接觸霞海城隍，第一次求籤，依然是因為身體不好，那時候阿公的喪事剛忙到一個段落，聽說霞海城隍有廟會，母親想趁這個機會帶我去拜拜，看看熱鬧也求個籤，一方面想問看看我的身體，二方面想問阿公的事情有沒有圓滿。

結果城隍老爺給我的籤詩是：「與君夙昔結成冤」，也是這首籤詩，後來才連結到這個冤應該就是來自黑令旗那件事。而這首籤中間有一句：「好把經文多諷誦」，也讓我想到地藏菩薩給不出梧，可能跟我們家刻意疏遠祂，不肯不敢讀《地藏經》有關係。處理完黑令旗之後，我逢人就誇地藏菩薩的好，講到自己都覺得有點狗腿了，處處時時要人多念《地藏經》，禮拜地藏，這樣可以消除很多宿業。畢竟祂是主管機關，要經常跟祂往來，保持良好關係，就不怕冤親債主來找麻煩。而且祂的大臺北分部交通很方便，搭捷運到頭前庄站，下車徒步五分鐘就到了，每年農曆五月，文武兩位大眾爺暗訪夜巡新莊，地藏菩薩坐在大位，親自點兵閱將，以一個外來神的履歷，能夠擁有兩位華裔鬼王可供差遣，即使是我這樣的佛教恐怖分子，也不得不佩服地藏菩薩的攝受威力。至於後來去看西港香，意外請到一尊地藏菩薩聖像的事情，那就值得另外找機會談了。

美國的中菜館有幸運籤餅，透過餅乾裡面小紙條打印的隻字片言來對應當下生命的鏡射，就像隨手翻閱《聖經》，在早已熟讀的段落裡發現新的解讀，那不僅神在對自己說話，也是重新內觀自我的契機。公籤的效力範圍可以是一城，一鄉里，一行政區，總是在當地神明的「境」裡，盤點清查每一處細節；而求問個人運途的籤，就像在最小最小最小的肉骨凡胎可以是一個「境」，神道靈臺五臟廟，二十八字回應著每一骨節的詰曲伸展，每一細胞的生滅變異。

大學學測的時候求了不少籤，包括人家說靈驗到會把考試期間所有誘惑排除，順帶連桃花都斷光光的雙連文昌宮。當時求到的籤都沒有留下來，也都不太記得內容是什麼，看著那一堆一堆疊在文昌帝君面前的准考證，是如此鬥爭激烈的社會讓我重新思考「陰德值」這個當時還沒流行的詞，其實解釋了許多信仰上的矛盾。如果是面試同一個單位職等，同一間學校的科系，那文昌帝君要怎麼判斷讓誰考上呢？課本專門收錄那些屢試不第或仕途不順遂的作品，這難道也是文昌帝君使出了時間鉗形攻擊，只為了讓才子們名留青史？為了解釋才與不才並非中舉唯一的標準，有人編寫了〈陰騭文〉來勸勉學子，用「救蟻中狀元之選，埋蛇享宰相之榮」的標準來看，出手打蟑螂就等於打掉半頂烏紗帽，拍一隻蚊子**PR**值可能就會少一分。有沒有道理且不論，總之考不上不是文昌帝君沒保佑，一定是自己陰德值不足。

我比同齡的人更早篤定要念中文系，也很早就選了想追隨的教授，交出推甄申請志願表的時候，老師希望我至少把基本五個志願格子填滿，但我說這間不上就直接去當兵就業，連後來的指考都沒報名，破釜沉舟。考不上的最大問題是七成的書沒念透，兩成的考試粗心與一成的陰功缺損，學測只有四十四級分肯定是我書沒念好外加粗心大意，但剛好摸到世新大學中文系的門檻，總覺得當下就是最後一成賭上我全部陰德值的時候了。

弟弟也很常跟我一起去拜文昌帝君，看我這麼混水摸魚進了中文系，本來也還存有一絲絲希望，但求到的籤詩內容都不利功名，彷彿陰德值是可以透過籤詩系統來進行檢驗的，便不太把重心放在非讀大學不可，而是花了更多的時間去研究電影，研究時尚產業，研究美學，研究那些《世紀帝國》用不到的男同志科技加乘。毫無意外地沒有受到文昌帝君的任何庇佑，考試的分數不甚理想，想念的系所差了一分，放榜的學校僅足夠簡單應付完基本大學學歷，很難真的學到什麼高深的知識。但現在想來這樣其實也算文昌帝君顯靈，畢竟祂開出來的籤詩都說中了，可能就是剛好有一個陰德值比我弟弟稍強一點的考生，擠掉了他想念的那間系所。

他最常掛嘴邊的就是拜文昌都沒屁用，但我總很阿Q地覺得這才是大用，順著那段不順遂的考運，他後來踏上美髮之路，而且做得相當有心得，我專程到京都嵐山的御髮神社，奉納了一小撮頭髮，祈願他事業順利有成。隔年他還真的順利自己創業開店，像他這種專剪男士的Barber漸漸風行為主流，男生不必屈居在以女性為主要客群的沙龍。文昌帝君沒有收服他，遠在日本的理容業之祖藤原采女亮政之卻成了他的祖師爺，人總是會找到跟自己有緣的那個神靈。或是被找到。

而且他可能忘記了，在他要赴最後一場考試之前，我們去貓空喝茶兼吃飯，幫他做考前放鬆，中途母親起意想到指南宮走走，才又向呂洞賓仙祖求了一支籤。這支籤也是跟他考試有關的最後一支籤，兩句「一回相見一回老，能得幾時為弟兄」其實已經說中他會考到離家甚遠的地方，也點破了未來的路上，哪怕是再親暱的一家人，也都要各自飛向遠方發展。

而呂洞賓，在民間信仰裡面，剛好就是美容美髮業的祖師爺，而且我剛考上大學那年就遇過祂了。褪換高校的天藍制服，披上一套如今已經胖得擠不進去的西裝，沙場老將在晚年頹然望著自己的戰袍所興起的那股落寞，也許和肥胖所帶來的感傷相去不遠。撫著西裝，有很多細節還是歷歷在目，像西裝的深色文縞般清晰可辨。

二

那位皮膚黝黑、頭髮花白，穿著筆挺唐裝的教授，一心關注著我的作品集，耳際托著一副金邊老花眼鏡，細心糾舉那一首首詩味索然，甚至頻頻出韻犯律的雜亂古詩。這本超齡的作品集，教授像推眼鏡一樣輕輕地拉推了一把，放榜後，技巧性的加分讓我守住榜尾，而榜尾底下的備取第一名卻是公立高中前三志願高材生；關於面試基本門檻的學測分數與日常成績，他絕對在我之上，如果不是因為詩集，我也想不到上榜的其他原因了。

開學首日，那位老教授便帶著所有的新生登上仙跡巖，沿途且談且走，談的多半是他從前求學那些師公祖們對他說過的話。山勢環抱的校園，像一座幽谷，因此許多記憶都是翠綠色的；教授說的話，也彷彿有霧氣；隨手翻開的古書，似乎會跳出作弄人的精怪。

昔日面試時以筆為刀、以口為劍的志士們，如今安在？當年起義攻頂的集合處像是山邊切下來的疙瘩，灰色水泥路磚，綿延到仙跡巖的大紅牌樓前，隨順山勢鋪展而下的階石，一夥人擠在那裡合影。仙跡巖上，被一腳鎮住的不只是那隻千年蟾蜍，還有碎石亂瓦，壓垮了往日攜手登山的那隊行伍；我在舊照片裡，看見這呂洞賓的一腳之下，所有的悲歡都已化為雲煙飄渺，杳不可尋。

而今我想修改一下，後來還願意為了學問志趣而赴死的只有「志士」，而非「志士們」。原來考取大學對很多人而言，只是一場資本不穩固卻依然期待增值機會的短線操作；履歷從鄉村的高中洗到都會的大學，換來幾場面試的機會；不惜向銀行借貸也要完成的大學學業，買到比高中畢業還多一些些的起薪。至於值不值得，從來沒人認真算過，如果選讀的科系與現實社會經濟結構距離太遠，例如我念的中文系，說不定薪水還會輸給高中畢業就進入職場的同學們。

四年餘來，關公走麥城、楚王刎烏江，獨木難支的中文路，曾經堅持過的都已放棄；從未支持過的人們，則認定總有一天中文系會溺死在書海詩海，混不到飯吃。老教授指著仙人的腳印解說來歷，那些曾經看似同披戰袍的志士們，其實正在盤算待會下山的時間，以及下了山之後的打工、放學後的邀約。這裡的一花一石，對他們來說，不過荒山野嶺，無甚可觀；老教授的求學故事，更是陳腔濫調，不足入耳。只差我當年沒看透，以為大家都是因為一股沛然正氣而來考大學、來念中文系的。

「其實是我英文不好」這樣的藉口正當貼切不過。

後來，我把登仙跡巖當作一種朝聖，或者是肅穆的行軍，偶爾想到前方戰況不明，敵軍動向混亂；或是自己的戰意逐年磨耗，力不從心，便會攀上仙跡巖。在仙人的腳印前思索或默禱，同時回憶著開學那天，穿著唐裝的教授，在蒼翠的山林間侃侃談起從前的求學與研究學問的歷程，彷彿我也跟著經歷了一回。

低頭俯拾沿途不知其名的花草，只知其形色，沒有什麼香氣，然而四年下來已經認得許多；我只不過多所惦記，勤加走訪，久而久之成為莫逆，也就不可能忘記它們的長相與姓名了。

山路也鋪了整齊的石臺或柏油，走起來很是輕鬆，有的地方甚至修築木頭棧道，好容易就能攀到一些平緩的途中涼亭，天氣好的時候還能眺望到臺北一〇一的尖瘦身型。走上視野更寬闊的呂祖廟埕，那座重重山後的巨塔，在雲霧環繞之間，露出一隻犄角，怒指著蒼天；某年，我在那底下看巨塔竄發煙花，一節節巨大的爆竹炸開新年，卻也宣告戰爭即將告終。塔下已經不再是千軍萬馬，只剩下三兩個勉強浴血至此的殘兵。

仙跡不曾踏在我身上，亦無傳遞任何仙訓，但留了一道仙影在文思枯竭的日子裡閃現，鼓舞著疲累的雙足，重攀、三攀，甚或夜攀仙跡巖。那是我的須彌、常世海，貫通天地之樹，一切皆由此生。當我走上仙跡巖的石階或者只是騎車經過那片紅色牌樓，它便會鋪展出一幅關於求學、關於創作的巨型投影。我想，這依然是如今能繼續在書海裡浮沉的原因，我始終在夢裡看見它，是我的岸。

面對課業壓力與人際問題，除了拜尪公，我也向呂洞賓求過總共十五首籤，各自在不同的書本裡擔任書籤的工作。籤詩旁邊附有古典小說或民間傳說的故事當註腳，除了關公楚王，最常出現的還有李斯害韓非、龐涓欺孫臏等等。我用這些籤詩，填補了大學四年本來應該空洞無聊的時光，看著籤詩上的寓言和預言，一個個被實現。

頭兩年禁不起打零工與期末考相衝的摧殘，多半死於內憂外患交迫，沒多久就消失在點名冊上。教授無暇在課堂外監督每個人的心靈世界，點不出兵時，只能用紅筆畫去欄位，隨時等待新兵候補。

待到資歷混久了，泡網咖、浸夜店，醃在音樂藝文沙龍便自認是文藝青年的那群人，白日放歌，夜裡縱酒，貪愛耳目聲色，死因多半是酒毒菸病；或者另一群罹患「妻仔癌」的人，主修戀愛學分，追女黏男，堪不住一夜的寂寞，以為朝夕纏綿就是戀愛，禁不起相思的摧殘。

其實只是想讓日子不那麼無聊，卻做了許多無聊的事情。以為別人的現實可以成為自己的夢，眷慕別人登樓渡河的成就，自己卻始終在河的這岸留些夢囈、牆的這頭搖頭晃腦；古時候的太學生走到哪也都搖頭晃腦，卻不必靠藥物催化。

打工得來的薪資那唯一爭逐的目標也總是一夜散盡；又或者，電腦一開就可以混過一個乃至數個無聊的夜晚。嘴上皮毛頭頭是道，腹中墨水稀得像米湯。從此，睡死也成為一種自我了斷的絕招，睡到不知閻王第幾殿、陰曹哪一宮；就連睜著眼，也昏沉沉地與睡著無異。

當我尋不著這同學的時候，不過才大三上學期而已。嚴格來說我和他們只做了兩年餘的同學，再扣除寒暑，我大概只認識他們不到一年的時間。畢業的手續，包括拍集體照等等，都匆匆了結。起先不能理解，後來才知道這就是所謂的「SOP」。從報名保證班到放榜之後，一連串的標準作業流程只是要趕快離開大學，安全上壘不要被二一，然後找一間差強人意還把大學學歷當一回事的公司。

我卻還在想念開學那天，仙跡巖頂那片曾經清朗的天地。九月初，乾爽的秋空驟而緊縮起來，烏雲急催，悶雷震耳，跌下山的都死透化成白骨了；支勉不住的，癲狂唱起鳳兮鳳兮，連滾帶爬地下山，再也沒見過他們的身影。留在石板路裡徘徊的，終將淪為山鬼，悽惻吟哦，想不起仙跡，喚不回青春。

一陣埋藏記憶的風裡卻有著大學時代的窮酸飯菜香，從那座可以眺望夜市的涼亭裡傳來。畢業後我常常回來，仙跡巖又生了許多青苔，又或者是我躊躇滿志時未曾注意岩壁上瑣碎的綠點，一心只在青雲之巔。仙跡雖在，但景致已稍嫌褪色，樹不再碧綠，花也失了妍紅；現實的景象也會呈現一種舊照片的泛黃昏暈，尤其是在日薄西山的時分。

短短四年耗盡不知多少軍餉糧草，前路已斷，後路更廢，手中的刀筆鏽鈍無力，口中的舌劍疲軟失功，四下俱無同袍志士，依稀只看得到遠方巨塔那囂張的犄角，在雷雲中像一隻輕蔑的眼。

在中文系的環境裡，對籤詩的敏銳度很容易自動增幅，不僅是文學典故，後來也研究戲曲，從卦頭故事裡找到更深的解詩蹊徑。尪公、仙祖、魁星爺、文昌帝君這些男神，好像還一直在我身上發威，包括投稿文學獎，出書，大學就拿到創作補助案，持續靠著伏案寫作度日子，在藝文世界裡慢慢找到自己的天地。七分努力寫作，兩分閱讀累積，最後還是要有那一分的運勢，才可以鬻文維生。

農曆春節去傳藝中心的文昌祠，為自己當年的寫作運勢求籤，因為文昌祠是臺灣唯一一間全由國家經費建立的廟宇，「國立」這個頭銜讓許多學子趨之若鶩，想考「國立」就要拜「國立」的文昌祠。也因為是「國立」的，或許這裡才適合出「國運籤」？文昌帝君賜下的籤詩是「盈虛消息總天時」，因為有在保安宮為媒體大眾速讀解公籤的經驗，其實現在籤詩到手，大概十來秒就能讀透詩意了，但還是職業病發作，想說翻翻看解籤本，研究一下不同地區的解籤風格。正在尋找籤本的時候，愕然發現前些日子廟方也才剛抽完癸卯年的國運籤，就這麼剛好跟我手上的是同一支。

不像女神姑婆祖那樣，一直用各種奇巧變化的手段，慢慢把信徒拉回到身邊，學會讀懂男神的不囉嗦，就能從有限的詩句中了解男神們的意思，原來世事法則都很簡單，是複雜的心緒把它弄得混濁了。

阿公剛過世的那陣子，霞海城隍在我心中的分量很高；外公過世的那陣子，省城隍爺就變成我最常禮拜的城隍。城隍的寡言充分展現在那幾塊「你來了」、「爾來也」、「你也來了」的橫匾額裡，虧心的人難免會覺得被嘲諷，或是心機被看得透透。如果換成女神的聲道，可能會說得更白一些像是「我早就跟你說了你偏偏不聽現在才要臨時抱佛腳好啦下次乖一點知道嗎？」

我想起每年求告呂洞賓的那些祝詞，以及那些願望，還有籤詩。像航海人找到了海圖上的隱島，那些被稱作「山」的標記，以及一串串牽星連宿的座標，就是十五首籤詩串起來的世界。吉凶皆有，八卦生滅不息，那些曾經令人困擾的難題，在籤詩幾度被揉成團又幾度舒開之後，只剩下一些可見的摺痕。

當我告知老教授，我即將背離原本的古典道統，考取非中文系的研究所時，他只是拿了更多的資料文件、學長姐的論文範例、指點我尋找研究現代文學的教授幫忙，以及每節下課都會對我的文章進度作一番追查。我其實不敢問教授問題，因為我深知，是自己太笨太蠢，看的書太少，才會有那麼多問題，往往要到最後關頭了，我才敢提出具體的看法，與教授討論。

大一的時候以為我沉在書海，後來才發現自己不過是行水江上，往更遠處，還有深潭湖澤，至若大海，則在更遠，更遠處。目光所不能極盡的遠處。

老教授的身形逐漸被那年的晴日包裹住，我只能依稀望見他高大的背影；除了唐裝翩然的扮相之外，似乎還揹著七星劍、頂著九梁巾，徜徉在仙跡巖碧綠的小徑間，撿拾仙草如同提掇當年的我，然後御劍而飛，挾超北海。

仙跡巖明媚如故，蒼鬱依然，景色還是那年的樣子，唯一不同的是，所有戰退陣亡的士兵，永遠都不會再回到這裡了。

世新中文系即將在民國一一四學年度正式停招。

第七章

七筆勾

一

經歷了這麼多難以解釋的事件，如果還嚷嚷著自己是純種佛教徒，那就真的是一種空泛的口頭禪了。發生小擦撞就到行天宮找藍長衫效勞阿婆收驚；逛饒河街偶遇廟會搶著鑽媽祖轎底；佛教徒的信仰系統是諸行無常，沒有永恆絕對的關係，卻還是想抽一張牌，看看真命天子何時出現。真愛跟無常哪一個先到，一切都是薛丁格的龜兔賽跑。好長一段時間，飄渺在一種聞風而來隨緣而去，自認佛系青年的狀態，臉書抄一句應無所住而生其心，下一則貼文抱怨職場奧客；或是在俊美的男體照片上點讚。

再奧的客人，再美的胴體，都是多生累劫而來，白先勇或者金大班說的，冤孽啊。雖然是那個史上最美好的八〇年代降誕在這座星球，卻更像一九六〇來不及送走的最後一批胡士托，我出生那年，全臺第一位以同志身分召開記者招待會，在麥當勞請記者們喝柳橙汁的祁家威，敲響同志運動的第一聲鑼。我活幾歲，同志運動就在臺灣拚搏了幾年。緣分如此，天生我同。沒有比一九八六出生的人更Gay的了。純羊毛披肩帶點袈裟情緒的裝扮，手裡一成串不知道從哪個跳蚤市場蒐來的各種材質的念珠，超我本我高我無我，開口閉口都是後現代後殖民後佛陀。甚至以為打禪應該要有一種很Chill的樂空雙運，酒肉穿腸過。唐卡上的藍色男性本尊粗挺著陽氣壯盛的軀幹，懷抱紅色女性本尊曼妙舞姿，愛縛清淨句是菩薩位，總在約炮之後這樣看著牆上掛的唐卡安慰／慰安自己。

說自己是佛教徒的時候，人們總還會問我，師從何處，在哪個道場修行。直心是道場，這牆、左輪，甚至卡米地都可以是道場，靈山莫遠求，佛以一音演說法，在河岸留言也只會是揭諦揭諦波羅揭諦，去啊去啊到彼岸去。樂手們日復一日精衛填海薛西弗斯，苦難一樣的周而復始，彷彿永遠看不見盡頭的練習中，所謂的覺悟之道，源於反覆串習。

唱一曲靡靡之音纏綿悱惻，開一句地獄哏玩笑，唸一聲消宿業佛號，其本質都是一樣的，畢竟空不可得。天堂淨土不可得，地獄火海不可得。但如果可以選擇的話，當然選地獄，我沒有地藏菩薩的悲願，只因為天堂淨土都是父母叔姨輩那樣嚴肅端莊，毫無生活樂趣可言的人的去處，這樣誰還想去？但走筆至此，我又思索了一下，不屑上天堂最重要的原因，大概因為撒旦是個懂玩懂吃懂享樂的行家，眾所周知死神邀請制的「27俱樂部」，撒旦御用大樂隊，俱樂部門後才是我這一代的群星會，煙塵迷離的派對如今依舊，每天聽不完的 Jim Morrison、Kurt Cobain、Amy Winehouse，誰還要去什麼感恩師父的天堂！早早訂下了一個二十七歲無疾而終的志向，但軟弱如我，坐三望四，依舊沒有達成這個夢想。苟延殘喘的存息只證明了兩件事，我既非紅顏更非英才，老天從不忌妒我，任我遺千年。

我不知道這樣下去還算不算是真正的佛教徒。佛曰不可說。是否有某種嚴肅的儀式，包括排去他者之後，在那些沒有信仰的無神論者看來近乎基本教義的潔癖，才能算得上是某某教徒？是否需要出入一個制式固定的場域，崇奉某一種精神領袖，才是某某教徒？

但是我會去善導寺。沒有依止道場，沒有受過三皈依，更沒有任何師承的那些年代，我跑寺院跑得腳勤，特別是去善導寺。

曾經在臺北史上最熱的那一個月裡，每週連續四天，看見善導寺的僧人與信徒們修持早課。天微微亮，穿著茶褐色袈裟與黑色海青的人影聚在大殿外的走廊上，井然有序地跪拜、起身、跪拜、起身，繞著大殿念佛。徹夜和一群姐妹們在地下酒吧裡物色男人，挑三揀四了一整夜，最後還是決定守身如玉。

不時有幾句音調清亮的佛號聲，傳到殿外來，而又匆匆被忠孝東路的車聲和我們醉後的笑鬧聲掩去。嬉舞歌縵，就像一群天女，在善導寺對面巷內的地下夜店跳了一夜，腋下股間都已經汗濕淋漓，頂上髮雕髮泥都坍塌陷落如花冠凋萎，每個晚上都耽畏著天人五衰的來臨，但我們沒有別的辦法，只能這樣繼續舞著，固執又無奈地過著每一個快樂的夜晚，剎那成永恆，煩惱即菩提。往下走，每次下樓都想著，我正在往下走。

那間夜店在地下室藏了將近二十餘年，哥哥和梅姑還在世的時候，滯臺天數如果足夠，一定會騰個空去蜻蜓點水一下，飲一杯時至今日回想起來依然不怎麼樣的特調。張惠妹跟蔡健雅在那裡享受天后級禮遇；蔡依林與蕭亞軒的熱舞歌單得按一三五、二四六排序播放，否則兩派粉絲都會暴動；曹格、吳克群、郭品超、楊祐寧，這幾位鐵直男也不得不來頂戴一下同志天菜的寶冠。業界盛傳，過得了姐妹們的慧眼，同志灌頂，少說多紅五年。

如今人走酒涼，那些紅過的都已經紅過了，沒紅的，就不提了吧！姐妹們連舊地都無處重遊，搔首已然無法弄姿，就算躲過雄性禿髮和啤酒大肚，上健身房抵抗不可逆的歲月如吞噬肉身的流沙，老，卻是不證自明的，只要站在一排新的人兒裡，那老態簡直不可理喻。網路一波波青春鮮肉們都貼上了公證結婚曬恩愛的照片，想當初私訂終身卻又反悔落跑的那個渣男不知道死了沒有。

心裡的憤怨與感慨很多，善導寺那一列緇素，卻是靈山未散。

頭一回感受到佛號的如雷貫耳，是同志運動三十週年，外婆尾七，家族聚首善導寺，送外婆最後一程。我終於親臨現場，踏入善導寺山門，端莊得像尊金剛，摸不著頭腦的傻金剛，什麼規矩都不懂，差點誤闖存放靈骨塔位的地下室。向下走，夜總會習慣蓋在地下室，方便墮落。被當家住持和法師們的誦經聲催下淚眼婆娑，不是哀悼外婆的喜喪，而是自己終有一天也要回家。對面那間地下酒吧貼著大大的租售廣告，都隨著外婆的紙蓮臺燃往彼岸。僧眾們唱著蓮池大師的《七筆勾》：「鳳侶鸞儔，恩愛牽纏何日休。活鬼喬相守，緣盡還分手。嗏！為你倆綢繆，披枷帶杻。覷破冤家，各自尋門走。因此把魚水夫妻一筆勾。」

找到家了，蓮池大師原來是去死去死團初代總團長，我也因此相信人真的有頓悟的能力。只是不見別人的棺材不掉淚。誦經聲調哀悽，翻著經文不斷向前，《地藏菩薩本願經》其實很Hardcore，或有地獄，赤燒銅柱，使罪人抱，當我們交纏的時候，那燥熱欲狂，其實正在往下走。我看著窗外的巷子，每次騎車行經門口，對著深邃向下的樓梯，行注目禮，哀悼青春，往昔所造諸惡業。

曾經不信的東西還有很多，淨空法師說玩電動的人會造殺業，我起初不信，直到我的聖騎士走在解任務的地圖上，忽然被悶棍、繳械、斬殺，陰影間的盜賊，用他熟練的三段攻擊將我擊倒。我躺在荒野上，憂憤與惱怒占滿了頭腦。自我重生的那一刻起，就是為了復仇而活：「我要讓他感受跟我一樣的痛苦！」

我不斷追擊他，聖騎士打盜賊，勝率七成，如果不是他來陰的，他根本不是我的對手。而我也才知道，原來殺業的形狀是這個樣子。

聽經，整個下午，耳朵裡鳴著一種吸了大麻的微暈感。去吧去吧，到彼岸去吧。憑著一口草，到彼岸去吧。我在阿姆斯特丹抽了兩管，純的，居然一點反應都沒有，冷靜淡定地逛著紅燈區，跟櫥窗裡那幾位可以當我媽的阿姨們打招呼。黑髮黃膚，矬笨厚重大衣外套的觀光客，我猜阿姨也如是想，但她還是熱情地朝著我揮手，我不像是她的客人，後背包上兩條張狂的彩虹旗，阿姨露出會心的微笑，對我比讚。回祖國朝聖，每年春池漲滿數十萬人次的阿姆斯特丹運河旁，我一身小Gay砲定番裝備，讓同行的我媽幫我拍照。

「你要不要跟你們的國旗一起拍？」我媽指著我身後一間頗有年歲的老教堂，依舊是歐式尖頂草花拱心石，柱子上刻了四尊不知道是哪一派的聖徒先知，他們腳下的石柱各插了一隻彩虹旗。

出櫃的過程簡單明快，我媽就給我兩年，好好思考自己要的是什麼。一開始我認為那個期限是她開給自己緩衝的，兩年之內，她可能會把我的相親日期排滿，逼我喝下一堆號稱可以轉性的符水，帶我去上各種親職分享座談會，或是，簡單明快地賞我兩個巴掌。

那些八點檔連續劇的情節沒有發生，我媽跟我，就是平淡無奇甚至情同姐妹地過了兩年，兩年後還相約一起同遊阿姆斯特丹。一面彩虹旗，劃分出我國與她國，但至少承認了我的主權。那時間原是留給我思考的，思考我究竟是不是，她不想太早聽到我的答案，因為我的選擇可能是錯的。時間都是別人留給我的，死神多留了三年給我，27俱樂部的大門從此緊閉，而我也想通了，我真的錯了。

我不是。我是一個佛教徒，我要回家了。

二

心念開始轉動之後，迎接我的，除了位處臺北市蛋黃區的善導寺，還有藏身電梯商辦的顯宗禪修道場、每天下午四點固定做臺語晚課的艋舺龍山寺、借用文化中心開辦的佛學講座，在城裡可以體悟感官的悅樂，當然也能夠領略寂然的安穩，淨土隱蔽於紅塵之中，推門即是，電梯一口氣攀升到十五樓，一位功德主讓出客廳作為臨時道場，在電梯裡除了耳鳴之外，我感受到一種生命的昇華，我在向上，無論是物理的或心理的，向上提升。

依然的嬉舞歌縵，鐺子鐃鈸，聲明梵唄，吹大法螺，擊大法鼓，學了一首首鼓山調、海潮音，關於音聲供養，必須先聽一次羅斯福路的傳奇，阿彌陀佛姐千里走單騎，二輪鐵馬，穿梭車陣與夜市攤販之間，口中「阿彌陀佛」四字寶號不曾停歇，調寄「Frère Jacques」，阿彌陀佛阿彌陀佛，阿彌陀，阿彌陀；南無阿彌陀佛南無阿彌陀佛，阿彌陀，阿彌陀。

趴場與道場其實沒有什麼分別。把手放在空中甩，可以是嗨，也可以是慈悲與愛。朋友介紹我參加藏傳佛教的灌頂與教學，吹腿骨做成的剛令笛，搖起頭蓋骨做成的皮鼓，鄰近東區，國父紀念館附近，某大樓地下室有一處可以容納上百位信徒聚會的禪修中心，就像那間地下酒吧每週都有國際級電音大師，禪修中心一年迎請超過五十位來自印度、尼泊爾、西藏等地的活佛仁波切，每天都舉行著不同宗派的法會。往下走，原來不僅僅是往下走。主持薈供的上師，拿著一枚雕有精緻花紋，鑲了綠松石的小銅匙，舀起一匙酒，那本來是酒，加持之後就是甘露，而對世間來說，本質依然是酒，是一種後酒的超酒。我把那匙酒放在舌尖，是酒非酒，迷悟一念之間，佛與天魔是一線之隔，薛丁格的開悟。

發傳單面紙的人圍在半圓形廣場上，招呼遊客到他們店裡去吃喝；推銷化妝品的女人，隨時伸出她們深海女妖般的手，鎖定目標就勾上幽暗的二樓小房間，展示她們的各種高昂產品；單肩揹著鬆垮垮的托特袋，阻街就問人要不要支持設計系的學生，花兩百至五百不等的價格，去買那一對含運也只有五十元價值的淘寶貨原子筆。廣場上的人來來去去，為了什麼目的出現在此，又朝著什麼方向前進後退，不過謀生而已，世道如此，實在不好去評論穿梭車陣兜售玉蘭花的正當性。然後是街頭藝人裝小費的帽子、遊民的紙碗、公益團體的捐款箱。偶爾，為數不多的艋舺皮條客，會專程來這附近賭賭運氣。徒步區商機鼎旺，只要看見有人走過廣場，任誰也不願放過賺錢的機會。

廣場後方還曾是新世界商業大樓，外牆裝了大螢幕，輪番播送最新的電影資訊；時光再倒轉一下，那是新世界戲院的年代，手繪彩色海報，也是這樣掛在竹棚外，廣告著下一檔的強打巨片。這裡一直是電影院，一九二〇建成的日本新世界館，於一九六五改建成現在的新世界商業大樓，前後播送了將近一百年的電影，在華語電影史的版圖上，扎了一枚不容忽視的座標。

有一攤中華商場時代的南京板鴨店，挨擠著成都路，與蜂大咖啡、南美咖啡做對面鄰居，就開在新世界商業大樓隔壁，每逢年節大排長龍，其盛況堪比南門市場。那間板鴨店在我高中的時候消失了，自詡為最後一代的老西門，經常被我提起的，還有被高昂房租逼退至二樓的一條龍餃子館，其北方口味之精細純熟，令天津籍的外公一直念念不忘；被豪大大雞排取代之前，掛著菸酒零售商鐵皮牌子的「西門慶」，是我從前必訪的飲料攤；藏在誠品樓上的香滿樓、獅子林裡的金獅園，到現在都是我們家族聚會的專屬餐廳。

半世紀前的約會勝地現在依然人來人往，識途的老馬與初生牛犢碰在一塊的西門町，紅包場的樓下經常舉辦新歌新書簽名握手會，粉絲們試圖用鈔票搭一條親近明星紙橋的心態亙古不變；核心戰圈的連鎖沙龍和圈外的理容院互不相搶，熱塑冷塑始終賺不走電棒捲山本頭的生意；一樓一鳳的娼院裡，應該也是新芽與枯枝錯雜，殘花共豔蕊齊放的大觀園。

西門町一直變新，卻永遠改不了西門町不斷變老的事實，老西門的我習慣與人約在「老地方」。App地圖上插滿倒水滴型座標，捷運出口或商圈大樓是一般人的「老地方」；而那些藏在商家與民宅之間的古蹟寺廟，才是我與朋友認路相約的「老地方」。

我都會說：「就是成都路的天后宮啊，跑不了廟的，你隨便問人就會知道。」

隨意玩賞，處處能發現逛街的妙趣，像我對寺廟宮院抱持著強烈的好感，乃至敬拜一神的教堂，總能留住我的腳步與目光。用廟檻區隔塵俗的空間，隨處可聞的聖詩或檀香，便會發現在高樓林立的城市中，還能保留著一方淨土，令往來的香客聖徒，抱著一顆單純如嬰孩渴慕的信仰之心，即是這都市生活中極為難能可貴的事情。

坐落成都路的臺北天后宮，並非一直都是天后宮，在這不靠海的繁華街，天后宮幾經嬗變，唯有媽祖不斷持續著祂的慈恩與神威，於惶惶惡世的慾浪錢潮中，安撫虛弱的靈魂。漫畫家韋宗成替媽祖設計了卡通化的少女形象，吸引年輕族群認識臺北天后宮，參與臺北燈節等官方活動，也宣告著祂將繼續庇佑下一代，直到千秋萬代。

天后宮的故事正如它曲折蜿蜒的參道，不是那麼容易理解的。走進宮門內，別對那些頂多一甲子的半舊主體建築感到失望，因為木造建築在幾次火災之後，都已改用水泥鋼骨搭建，的確難比百年老廟一磚一瓦的古韻猶存；促狹甚至有點簡陋的門面，其實掩不住國寶遺產閃耀的光輝，數十件文物湊在一起，便堪可道破臺灣近兩百年來的宗教與民俗信仰變遷史。

如果要用個比喻，我說臺北天后宮好似土耳其伊斯坦堡的聖索菲亞大教堂，見證宗教信仰隨著政治軍事版圖的擴張與限縮而與之消長的軌跡。聖索菲亞大教堂的天花板與牆壁都有金色馬賽克的聖像，東羅馬帝國的皇帝重建它；後來遭到穆斯林改宗，大教堂一夕成為大清真寺；拉丁聖騎士不堪此辱，奪回了大教堂，卻也讓它遭到更多無謂的蹂躪與踐踏。現在以博物館的名目暫存於和平之中，或許是它最好的歸宿，至於什麼時候新舊教的人希望它恢復原本的教堂用途，或是穆斯林希望用它來朝拜真主安拉，可能又是另一場歐亞樞紐之地隨時可能引爆的宗教大戰。

歷史既偶然，又必然，多神並存的臺灣也曾面臨這種意淫宗教的詆毀戰。日本殖民時代不斷限縮民間信仰與道教的發展，試圖全部用神道教取而代之，幸而有識之人懂得利用佛教的特性，圓融地將道教神祇收容在佛寺裡；國民政府則是把日本神社鳥居拆個精光，看得到的日式宗紋家徽全都抹除，神社原址就地落成忠烈祠，想要以國軍英魂或孔子聖像來鎮壓倭寇邪神的意圖十分濃厚。

官僚政權對信仰文化的粗淺見地，對於物質上的破壞或許不可挽回，但民間信仰的文化視野寬廣得多，再生能力也十分驚人。重建的高士神社、回歸佛教的齋明寺，以及還給天后本人管理的臺北天后宮。像臺灣的種族文化一樣，不斷混血混種，交融成泥中有你有我的面貌，讓那些強制改宗的政策聽起來像幼稚的童話故事。

這也是媽祖文化在臺灣的一大特色，早期的海外移民，隨身攜帶神像或香火袋，以求平安；如果各州各省的人來到臺灣，一同墾殖荒蕪、經商貿易，發現大家都擁有共同信仰的時候，純樸認分一點的人或許就會聯想到，這應該是媽祖的旨意使然，否則渡海的小船何能雙雙安然駛過黑水溝呢。渡海來的先民，登陸臺灣後，就由船上的香工負責把船上的媽祖請下陸地供奉，待商貿結束正欲返航的時候，再由香工請示媽祖上船。但就是那次，下船的媽祖不允梠了，說什麼都要留在臺灣，請示之後，便籌建了臺北天后宮的前身，即位於貴陽街的「新興宮」。

這當然只是傳說，但傳說的可信度以及流傳的深廣，都取決於民眾想要相信、想要聽見的資訊，所以媽祖廟的供桌上，呈現普天神國的縮影，也是民眾對媽祖形象的認知與塑造。

那麼就可以想像，一旦碰上族群間的紛爭或械鬥，雙方人馬只要來到媽祖面前，應該都是打不起來的。

新興宮因為嘉慶年間的火災焚毀過一次，於道光年間重修；又碰上日本人假借修築防空通道之名，以至於廟體建築完全被拆毀殆盡，所以現在的臺北天后宮看起來不像經歷了二百六十餘年的光陰。

主祀媽祖的天后宮，配祀的神尊少不了觀音關公、三官大帝、福德正神；舉凡民間信仰論得上輩分的神尊，或是民間落難的神像，都能在媽祖廟內占有一席之地。媽祖的形象，柔軟而堅毅，到後來民間口耳相傳的「天上聖母」，莫不是把那天高皇后遠的疏離感，消融成一個可以奉在家中，看護大小契子女的神仙媽媽。

而臺北天后宮還很巧妙地闢了一處小小的龕室，裡面奉的正是和媽祖同為歷史人物，亦同為信仰文化中心的空海上人。門面窄短雖然是臺北天后宮的特色，只通小口，但踏進門後的開闊，卻值得甚費心思好好玩味。

空海即是真言宗的開宗和尚，被諡封為弘法大師，密號遍照金剛；而真言宗是空海自唐土學習了密宗之後，加以改良的日本佛教宗派。傳說空海把三鈷杵對空一拋，飛至深山中尋找建立寺院的寶地，而高野山神便派遣兩隻腳力神犬替空海領路，才有如今真言宗在高野山上院派林立的盛況；不少信眾如我，也深切地認為空海時至今日猶在甚深禪定之中，並未如一般人死亡那樣形銷魂散，所以常用飯具供養空海上人。

冥冥中，空海的畫軸與塑像會被供奉在天后宮裡，也有難以解釋的巧合。例如媽祖尚未飛昇之前，平定海怪千里眼順風耳為其座下大將，與空海和高野山神的奇遇有異曲同工之妙。媽祖後來也由夫人的等級一路封妃封后，甚至與大道公的鬥法趣談，幾乎也和空海與另一僧人最澄的較勁故事有一定程度的對照。民間傳說顯示出歷史人物的神格化對信眾而言不僅是法術神蹟的欽羨，亦是一種道德人格的肯定；而民間會景仰這些故事背景豐富、曾經有血有肉的人格化的神，其實還隱含著宗教意義上肉身成佛、羽化成仙的想望。

一道一佛，兩宗不同國情的案例都能證明民間信仰對宗教文化與民族性格的影響頗鉅，要說人類文明能離開廣義的宗教，一種純粹的信仰原動力，實在也不是一件容易的事情。

因為和我們一樣，同為人身，卻有著不思議的修為境地，所以讓人景仰。信眾們除了參拜之餘，自當會升起一點點見賢思齊的慚愧心，那樣的心境在日本文化裡被體現得最完滿的，即是：「空海之後沒有空海，最澄之後猶有最澄」的俗諺。因為空海上人的年紀比最澄小，成就的速度比最澄快，世人以為他是天縱英才；而最澄雖然不比空海那樣威名遠播，但他以後天修持的努力迎頭趕上，居然也能與空海並駕齊驅，創日本天臺密宗，被天皇追封為傳教大師。那麼，先天素質若不可期，後天勤奮則必不虛妄，以這樣的心情看待人生的磨練與苦難，其實就是一種修行。

「新興宮」被日本人拆除後，廟內原有的金身、行壇等文物，被寄存在龍山寺裡；這又是另外一樁藉佛教觀音包容道教諸神以躲避神明升天運動的史錄，雖然破壞了佛道之間的界分，卻也培養了無遠弗屆的宗教包容。到了戰後初期，「新興宮」的信眾們選了現在成都路的這個位置，打算把所有的文物與金身遷入。巧的是，當時這塊地的地上建物，就是高野山在臺開教監督所：「新高野山弘法寺」。媽祖和其他道教文物就在日式結構的佛寺裡開始接受民眾參拜，如有幸能在那時候走過供奉媽祖的「弘法寺」，感動應該來自於當下那些曾經武裝殖民乃至於逼迫媽祖搬家的文化形象都完好如初，甚至加以修護當作媽祖的新家看待。這就不是塗塗抹抹的聖索菲亞大教堂可以比得上的了，如果不是那場來自廟後方中菜館的惡火，現在這裡算得上是文化教育最佳楷模的歷史現場，除了教導後代愛物惜物，維護古蹟之外，還能向全世界傳遞宗教寬容的情懷，乃至沖銷民族間的仇怨。

外在的宮殿本就不必刻意偽飾，臺北天后宮金碧輝煌的主殿其實和一般的天后宮沒有什麼兩樣，信徒愈眾之後一層層加上去的金箔金漆，大大小小刻有某某敬獻的聖賢故事石雕碑文，怎麼也比不上鄰近的慈聖宮，或稍遠的關渡宮、慈祐宮；那些地方信徒更廣，占地也闊，有些舊殿的歷史久遠不曾兵火，已然躍上了二、三級古蹟的榜單。就連光明燈的燭臺數量也差了不只一半，那更遑論全臺各地的天后宮，什麼開基媽、老大媽，臺北天后宮祭祀媽祖的硬體設施與規模，都是遠遠不及。

但是臺北天后宮卻保存了其他天后宮不可能有的歷史軌跡，一場活的「臺灣宗教信仰變遷史」在每年的十月到十二月間，高野山派遣僧人，到弘法大師的龕前，迎出弘法大師塑像的法會上，用短短的四十分鐘，展演給所有的人觀看。那時候，弘法大師都會坐上供奉媽祖的主桌，中間偏前的位置，擋住了中壇元帥漾著酒窩的臉。真言宗的大阿闍黎領頭，沒有喧闐的炮仗相迎，佛磬與法鈔開啟了真言密門，在和音梵字的唱唸中，聽見日文的梵唄居然與臺語那麼相近的「Shyou Ken Go Un Kai Kou」——「照見五蘊皆空」。

三

於是我也展開了追尋弘法大師之路，開始親近密教真言宗，直到二〇一九年，終於親赴高野山出家，當我踏上那條全長約莫一公里，經由無數朝聖行旅的僧俗，一步一腳踏出來的千年古道時，心底還有點虛飄飄的不切實際，但遍地褐黃色的松針枯葉，吸飽昨晚的雨霧和早晨的露水，形成一張綿軟的絨毯，把我攫了回來。白木木屐踩在上頭，彷彿隨時可以像傳說中證道的天狗，輕盈地踏著雲朵往山巔騰去。

選擇走上這條山路，必然都已做好與世界暫別的準備，依傍稜線與谷地之間，維持海拔八百餘公尺的原始林相，即使是最險惡的難所，卻連人工鋪設的棧道都極為罕見，這就是「円通律寺」不二的對外道路，處處綴著公案的禪機，人跡與獸蹤交錯，模擬著迷悟的分野，生死也在一呼一吸之間。上山受戒三天，就必須從「刈萱堂」旁邊的緩坡進入山道，往返這條古道三趟，腳下累積的數萬步，至少有一枚腳跡曾與祖師們重疊，既然無法像修為深厚的高僧那樣勤於經軌修持，或熟諳開悟的禪技，但至少可以走過他們走的路，足足相印，確保這半生的修行不致行差踏錯，便覺心安不少，踴躍不已。

幽邃的山徑，猶如區隔現世與他界的冥河，尤其是當手機失去訊號之後，就是正式走進另外一個世界，而我畢竟一介凡胎，趕在訊號徹底斷滅之前，還是把那通從昨晚就打了好久的長文，發在家族LINE群組報平安，並且再度說明去日本出家是我心甘情願，絕對沒有受到脅迫，也不是加入什麼奇怪的邪教組織。而且日本和尚還可以保有一定程度的世俗生活，與牧師無異，類同正一派的火居道士，多少也讓家人能理解我的選擇。

我想是「刈萱」兩字特別勾起了我對母親的思念，經過昨晚與她的長談，她才曉得我出家的真正原因。

出家得向雙親告別，血肉至親從此成為陌路的施主，我的立場與千年前的大儒們一樣，對佛教的出家制度有很多質疑。新聞報導過女大學生參加佛學社團，回山參加幾日禪修營，竟集體剃落一頭秀髮，把最好的青春鎖在沉重的山門之後，披起灰衣出家的事件。人們眼中的大好前程是她們口中的濁汙紅塵，聞訊趕來的父母親，被記者特寫到他們搥擊山門，不斷哭喊女兒名字，激動情緒堪比破打枉死城的陽眷，而僧尼們卻是冷著一張臉，恰如鬼差，默然相待。人說佛法無常，這麼看來更近似無情了。

身為受到傳統儒家精神薰陶的國編本末代，記憶體內建五倫綱常，我是那種聽到什麼父母在不遠遊，都還要問老師畢業旅行去墾丁算不算遠遊的人，所以準備遷進學校宿舍的前一晚，特地跟母親告解，用一桌晚飯的時間，為青春期以來的彆扭與反骨道歉。雖不能料見畢業後，能否在異地打拚至母親力衰或屆齡退休前，尋得回鄉奉養的契機，但盡了辭親的責任，就當時的進度來說，勉強還算個及格邊緣的孝子。

但決定出家之後，大概就永遠是個無後為大不孝的浪子了。母親從未想過之所以促成我出家的果緣，其實來自她毫不經意的澆灌。看著她對神佛的虔信態度，如觀音手上的淨瓶倒瀉出漫天的江河湖海，淹滿人間，她每次對神佛菩薩說的禱詞，不外乎就是感謝前半生能走得順遂，祈願後半生也依然安穩，假如真的碰上什麼假如，也請慈悲接引，不捨眾生。

母親的宗教信仰欄位應該要填入「拿香拜拜的」，她不曾深入什麼教義，所以無法解釋為什麼在輪迴轉世的設定之下，還要為亡者豎立一塊木頭牌位。但人生第一次點香，第一次化金紙，第一次投入慈善活動，第一次丈量尪架桌的方位才知道哪裡是龍邊虎邊，都是我媽教的。舉香對拜是信仰的開端，很多人都是跟著母親阿媽外婆姑媽等女性尊親的作法，慢慢學會拜拜的規矩，就如同古俗的巫女薩滿或被獵緝的女巫術士。母親常用的課誦本被我當成遊戲攻略祕笈來讀，從地球這裡出發，過去十萬億佛土有世界名為極樂，所以證明釋迦牟尼可能是太空戰士。趁著國小三年級記憶力最強的時候，把大悲咒十小咒心經背起來，總想著說不定哪天真的撿到寶盒，需要大喊般若波羅密才能啟動逆轉時光的效果。連吃飯都配淨空法師的影片，但究竟聽得懂多少，我自己也說不清楚，只是這樣慢慢養成了閱讀與記誦的習慣。

我終於也成為了抱著必死決心入山的人，險峻的山路，很多地方僅能通過一個人，絆腳的藤索或濕滑的泥濘都必須獨自面對。一旦習慣這種看似「獨活」，實際上卻是極度完滿的生命狀態，就很難相信人類有必要找所謂的「另一半」。

就如同我正跪坐在戒壇內，看著所有的物事，以及同壇受戒的人們，幾個連續的念頭閃過，質問迷惘的自己：為了出家而跳機是否可行？我真的有必要回到山外那片俗世生活嗎？一個人生活難道不舒服，非得要找個人來攪和嗎？與每個月那點微薄的薪水相比，穿著破衣踏破芒鞋，坐穿蒲團的生活，不是簡單得多嗎？

而在此之前，我已經「獨活」一陣子了。清晨四點起床，從此與飲酒歡歌的夜行朋友冥陽兩隔；維持一天只吃一餐而且午後絕不進食的紀律，比斷食一六八更沒得商量，必須婉謝所有下午茶及晚宴邀約；坐禪也從一炷香的時間，逐漸增加到兩個小時、三個小時，上了蒲團就像發了癮，坐進心湖底還有一個我坐進心湖底還有一個我坐進……山峰與湖海，原是神明降座於人間的聖殿，同時也是精鬼藏形的淵藪洞府，這個時候如果真的出現對向走來的人，若非超生脫死的賢聖顯靈再來，便極有可能是狐狸幻化的精怪，總之絕對不會是這個凡塵俗世的人。

兼具偉岸與殘忍的性格，山海便是修行的道場，修行者「山伏」會特地換上死者的白裝束，走入山徑，與「這個世界」暫別，跟艱苦修行的「山伏」相比起來，三天的受戒行程，充其量是個超級深度的旅行團，所謂的菩提心或覺悟心，還有剛剛閃過的那幾個念頭，就像忽然想吃壽司或拉麵，只是偶爾升起然後又兀自消滅，意念在一物接一物之間流轉，居無定所的妄想罷了。自從換好日幣，繳齊山上規定的入壇料金，把護照證件都交託給帶團的師兄之後，心裡總是浮浮地懸在半空，望著鄰居晾曬的衣服如幢幡隨風湧動，飆出獵獵聲響，止不住想飛的念頭，踩的步子不自覺地加快了速度，腳後跟都懶得著地，機車也催多了油門，等不及黃燈。

每天都像追了兩份義式濃縮，而且是靜脈注射，鼓動著難以宣洩的狂躁，所以很快就走到路程將近一半的地方，不曉得是哪位祖師，依著山壁邊坡搭建了一座木造小祠，裡頭供著一尊結生綠苔的石地藏，堅毅忍性具象地刻在每一道樸拙的鑿痕上，如大地不動。第一天經過的時候，菩薩腳邊放了一瓶百毫升的玻璃裝清酒，是超商隨手都買得到的那種易拉瓶。隔天就換我供上一小塊麵包。或許是因為走到這裡的時候，覺察到艱苦的山路只剩一半，所以把身上僅有的東西供養出去。信仰有時候就是這麼單純的「神際關係」，感謝地藏菩薩前半段的照護，也祈願後半段的安穩。

薄霧的雨，斷斷續續，像天空布下了水做的天網，鎖封了整座高野山。打從昨晚齋飯後，雨勢就不曾消停，分明聽得青瓦泠泠有聲，好奇往窗外望去，卻全然見不著半點雨的腳跡，就連中庭的造景水池也平波如鏡。

難道山門之內除了不許葷酒，也謝絕了人間雨雪？

高野山全境都有這種玄祕的靜謐感，從大阪來的遊人也把聲量特別收到最小，細碎地說話，連雨水都不敢放肆，就像跟不苟談笑的嚴父相處在同一個空間內。入山之前，必定會經過那間名字聽起來完全沒有「佛臭」的「刈萱堂」，我原先以為是某位祖師辭別母親而建的，後來才知道，曾有一任住持，因為家裡的一妻一妾鎮日爭吵不休，猶如兩尾毒蛇吐信示威乃至纏繞搏咬，便心生解脫，獨自遁入高野山出家。此時他唯一的兒子石童丸已經入胎，但他渾然不知，石童丸為了遂成母親的遺願，獨自上山尋父，但見這位挑水的出家人說石童丸的父親已經死了，年幼的石童丸竟也頗有慧根靈性，不哭不鬧，當下就向僧人求受出家戒，真正的父親就這麼成了石童丸真正的師父，兩人從此過著了斷俗緣的日子。

這算無情嗎？其實不適合我這種即將離開俗世的人來定義，但相忘於江湖而在日常細處不經意湧起的眷戀，難道不也是某種深摯的感情表現？

在俗家的最後一夜，隔天一早的飛機，但話題又很自然地聊回到高野山。我和母親面對滿桌吃不完的消夜，打開一個個聊不完的話題與藉口，就是賴著電視機，圍坐在客廳茶几邊，遲遲不肯互道晚安。有說有笑地看著電視臺正在重播周星馳的《濟公》，母親對於我說梅豔芳扮觀音很漂亮這件事情感到有點驚訝，她以為我只懂得欣賞張國榮或蕭敬騰。

直到母親終於撐不住了，打了個老長的呵欠，降龍尊者手上的蒲扇灰飛煙滅，她交代我路上要小心，戲正精彩，她就逕自走到後陽臺，慢慢消磨睡前的最後一支菸。那也是她的「獨活」時段，家裡只有她抽菸，所以沒有人能共享那團團菸雲後的酥麻。所以我也不曉得那天晚上，其實她正就著菸，打了一篇長文，在我下山第三天的時候發了回來。她不知道在哪個網站看到關於「出家的利益」，還特別抄錄了一子出家、九族升天的古文，勸勉我要做自己喜歡的事，成為自己喜歡的人就好。

我好不容易才離世三天，就這樣被她藏在長文後的寬大與慈悲，拉回人間。

後記

末代女巫

妳重新掄起竹掃把。

掌心發暖，精神爽朗，最明顯的還是感受到膝蓋的力量回來了。除了幫妳裝人工膝蓋的主治大夫，妳更打心底感謝從老家一路請來的「老神」，擺一桌叩答恩光的酒菜，慶賀手術成功，又可以回社區掃樓梯了。紅塑膠盤裝著滷蛋豆干臘肉，嫁給本省人的女兒教妳擺小三牲，為了證明禮數誠意不變，妳女兒用搏桮向「老神」求問意見，連續擲得三個聖桮，妳才放心省去往年舊例的肥豬肉跟全雞全魚。從前物資不足的變通辦法，湊巧迎上現代低碳水、減油醣的風尚，神仙界也開始流行飲食控制。

那年妳的外婆，妳都喊她姥姥，只揉得出玉米麵蒸的窩頭，祭煞兼謝神。隨其方圓，窮則變通，飢荒鬧得連一碗白米飯都煮不齊，混摻了碎石沙粒的粗糧就是成兵的豆。幸虧「老神」不嫌棄，還是經常開出不寒不火的草藥方，緩解村人們的急性症狀。至於仙鶴草或蒲公英都化解不了的沉痾，姥姥就會焚香祝禱，盼「老神」能慈悲接引，點出一條明路。讓姥姥診療過的患者及家屬，事成之後都會想盡辦法擺席酬神，沿海地區端的都是蝦蟹貝蛤，上等鮮美的漁產，祭過「老神」之後，宴給請神抓方的姥姥，而妳也因此便宜了嘴巴，野生黃魚北洋鮭，鱿魚餃子日本蟹，妳還吃過那種珍藏十餘年的烏玉刺參，泡發後就著簡單青紅蘿蔔嫩雞片，燴成一盤讓妳添了三碗飯的紅燒羹。

妳當然也有請主治大夫上館子，西門町的北平一條龍。只是現在的妳，更習慣隨俗，牽豬腳麵線解穢，熬一鼎雞湯祝福。將意念灌注在杓鏟之間，透過大火煉熬，嗆香一把蔥薑油煙上達天聽，密教的火供護摩本來不應拘於形式，妳活得就像當年的外婆，遇上荒年，用雜糧窩頭捏成豬仔與羊羔，隨念酬神。

武學的最高境界，不過折枝為劍。

拿著竹掃把，扯開嗓門，在樓梯間高呼一聲久違的：「掃樓梯囉！」

妳嘹亢的音量震下了晚秋的蘋果，臨溪而建的社區，錯落地植著數欉欒樹，嫣紅就像無來由的幾團野火，燒出一片爽朗秋空，待豐潤豔澤褪盡，漸漸把馬路都鋪成一襲蘋果毯，妳的掃區就不再局限於公寓樓梯間，落下的花葉殘果，都會被妳掃到樹根的歸處。

妳總在這座溪城窺見最後一眼只楚村，溪城也披上秋色的樣子，讓妳想到外婆的霜鬢，還有來不及吃的那口蘋果，因此妳才會在日記寫下：「十月是蘋果上市的季節，但蘋果的香氣給血腥火藥的氣味淹沒了。」

妳的日記停更許久，現代科技種出來的蘋果，比村子裡老樹結的果子要好吃太多，事物光澤隨之淡去，妳記憶中的蘋果，已經不那麼紅了。天沒亮透，姥姥塞給妳六個拜過「老神」的玉米窩頭，要妳帶著弟弟隨聯中師長與同學們，登船逃難去。

樓梯由上往下掃，跟在妳身後，我手裡抓了一條白抹布，邊玩邊擦，把扶手與窗臺打點清楚，每棟四百元薪酬，妳分我一百。妳的主治大夫叮囑，掃樓梯是有傷韌帶，但妳不肯放棄的理由也很扎實：跑了七十多年的馬達，忽然強制停止運轉，軸心過熱又被強制擱在沙發，跟電視螢幕大眼瞪小眼，等纏上一身富貴懶病，離報銷之日就不遠矣。妳還跟主治大夫說，那對自費的人工膝關節頻頻嘰嘎作響抗議，最頂尖的醫療鋼材質，怎麼能放著不用！裝人工膝蓋，就不是為了要安養天年的。就像妳從來不肯宣告退休，鄰居想吃餃子，訂了五斤，妳隔天摸早貪黑，上菜市場買最新鮮實惠的活宰豬後腿，趁著血溫未降，趕忙剁起餃子餡來。包的都是元寶餃，隨機在餃子裡塞進一元或五元的銅板，吃到銅板的，等於吃到了一整年的好福氣。銅板得先用高度白酒泡上一天一夜，在餃子皮填入肉餡之後，銅板往正中間擠，仔細收攏餃皮，確保銅板藏在餡裡，從外皮看不出深淺。

姥姥平素都供一碗銅板在「老神」的桌案，代替財帛，等要包元寶餃的時候就可以派上用場。從我有記憶以來，妳也是這樣供著一碗銅板在桌案上，有一回心絞痛，妳只說午餐來包餃子，才剛說完，莫名就舒緩了一半；妳手腳麻利整好了餃子，我才第一口就吃到銅板，而這剩下的一半忽然就不科學地痊癒了。訝然地看著妳，原來妳把整碗銅板都包進我眼前這三十顆元寶餃裡了。

竹掃把的細竹枝，在階梯唰唰的聲響，就特別有精神，好似什麼煩惱都能掃到雲外去。因為這是妳最早的工作，那年姥姥派妳到村口幫忙打掃，老家的竹掃把還高出半顆頭來，怎麼掃也就是望不盡的黃土飛沙，但取的是妳正在掃地的樣子，當校長帶著軍隊來點人頭的時候，第一眼就是見到妳的勤奮可靠，齊瀏海學生頭的女孩像精衛一樣徒勞無功卻又毫無怨尤掃著地，也不管妳的學籍狀況，就帶著妳一起走了。

靠著港邊住久了，妳的嗓子眼也帶了點海風鹹，煙臺口音常常往上飄；大馬路旁的住戶多半講青島話，每個人一開口都像剛喝完啤酒，就是一股腦的率直；而住得裡面一點的，主流是話本小說走出來的濟南腔，用的詞彙甚至飲食習慣都比其他住戶精細得多。社區僅存的兩戶人家偶爾還會用萊蕪小片互相對罵，他們只有在面對閩南房東的時候才會團結起來。

竹掃把正在門外揚起一陣陣豪風，妳常說起，那年蘋果正熟，就是在村口掃著地，還叨唸著什麼時候可以吃到樹上豔紅的蘋果，校長就來村裡，日子久了，妳竟也害怕甚至痛恨見到任何形態的紅。

如果掃把會飛，那姥姥可能就是有魔力的那個人。

妳常常感嘆，姥姥本來可以位列仙班的。平常辦事用的神案，依然收拾得乾淨清楚，連點爐灰都沒落下。神案上一口青瓷香爐，供著泥金字的牌位，跟著妳遠渡重洋，轉搭了好幾趟渡輪才安住下來；本來還有一面令旗，半路用掉了，妳就去切布攤，自己裁布自己繡。壓龍紋底布繡上黑線字體的完成品，總算有點記憶中的樣子了——那年頭揮舞令旗，拿著短柄竹掃把，在村頭街尾專給人看病，仙氣凜凜的，是妳的外婆，妳的姥姥。從小兒驚風看到肺癆胃病，沒有什麼疑難雜症能難倒姥姥，只要用掃把在產婦肚皮捋了幾下，當晚就無痛順產。

多事的學者給妳姥姥起了「出馬仙」這樣的名堂，妳笑說這就是看不穿三世因果宇宙玄機，出馬談何容易，那可是要帶兵帶將的，天庭沒有這麼多閒兵冗將，隨隨便便讓一個做窩頭的呼之則來。

可也是這樣的姥姥，終究碰上死敵。臨走前，提著妳的衣領子，往領口裡塞了三個窩頭，還有五枚珍藏多年的大頭，要妳帶著舅公家祿，早點隨隊出發。說是帶著，其實是跟著，舅公才是有正式學籍的學生，妳要到後來，隊伍走到上海了，才趕緊編入女子班級裡。

「千萬別回來，知道嗎！」

不敢不答應，天還沒亮，喝了兩口薄粥，就被逼著踏上未知的遠途。

那塊斑駁的泥金牌位寫著「歷代老神之位」，字數也是有玄機的，「生、老、病、死、苦、生」，一字、六字、十一字、十六字，字字落在生門，姥姥沒上過一天學，但是翻起通書，掐起指訣，開口閉口全都是至少漢代左右的文獻典故。姥姥都說這些字是「老神」親自傳授，不然一個包餃子的，除了韭菜一把，蔥蒜半斤，絞肉五兩這些記帳文字，最熟的還是「東南西北中發」。

「老神」的牌位隨著妳走了，姥姥卻還是敗在「仙」之一字，氣韻太高，肉骨凡胎搥受不住。看過一段黑白紀錄片，神主牌位跟佛像經卷都化進火堆裡，穿著制服，脖繫領巾的年輕人，拉著幾個道長模樣的老人在街上，五花大綁，當階踢了他們腿後跟，撲通跪地上，彷彿當街處斬的古刑又復活了，人們正圍著看。火光熊熊，燒去了。課本裡還有一張匾額被燒毀的黑白照片，燒剩兩個字，也認得出分明是「萬世師表」四字。孔聖人都如喪家犬自身難保，想起來外婆這「仙」，最後肯定也是不好過的。

包完了電話訂單裡的餃子，韭菜餡韭黃餡芹菜香菜包穀餡，妳也是如此孜孜矻矻地，繼續給老鄰居們看風水撿時辰，收驚解夢破地獄。無非是為了記住弟弟的樣子，每當妳搖起帝鐘，揮舞天地掃，召請「老神」降臨，雙眼微睜的半寸目光底，任由視線穿越陰陽交界，在眼睫毛的錯落之間，瞥見弟弟身影。

或是辦了一整個晚上的事，信眾還在妳家門口排隊，總覺得「老神」好像有點疲態了，就會低低喊兩聲「家祿」，拜託已經在那一頭的弟弟跟「老神」道歉賠禮，再留一點時間給妳，下次就不讓信眾問到這麼晚。沒有明星加持，也沒有電視採訪，壇上連尊神像都沒有，卻能絡繹不絕地讓妳弄出一番小事業，到後來包餃子的活兒都差點被耽擱。

最後一場法事終於結束，正在打包神案上的法器，妳才想起來，幫人家解過這麼多夢，自己卻從來都沒夢過弟弟。

九　歌　文　庫　1430

臺北男神榜

國家圖書館出版品預行編目 (CIP) 資料

臺北男神榜 / 唐墨 著 . -- 初版 .-- 臺北市 : 九歌出版社有限公司 , 2024.05
面 ; 14.8 × 21 公分 . -- (九歌文庫 ; 1430)
ISBN 978-986-450-673-6 (平裝)
863.55　113004721

作　　者——唐墨
責任編輯——張晶惠
創 辦 人——蔡文甫
發 行 人——蔡澤玉
出　　版——九歌出版社有限公司
台北市 105 八德路 3 段 12 巷 57 弄 40 號
電話／02-25776564・傳真／02-25789205
郵政劃撥／0112295-1

九歌文學網　www.chiuko.com.tw

印　　刷——晨捷印製股份有限公司
法律顧問——龍躍天律師 ・ 蕭雄淋律師 ・ 董安丹律師
初　　版——2024 年 5 月
定　　價——300 元
書　　號——F1430
I S B N——978-986-450-673-6
9789864506750（PDF）
9789864506743（EPUB）